어린이·청소년 SF 매거진 _ 벙커 K

BUNKER K

우주는 멀지 않아!

The universe is close to you!

COVER STORY

벙커 K, 우주로 진출하다!

어린이와 청소년을 위한 SF 매거진 **벙커 K**에 오신 여러분, 반갑습니다.
이번 호에서 벙커 K 요원들이 드디어 우주로 떠납니다.
스페이스 열기구를 제작하여 지구 궤도로 출발한 요원들,
그들의 활약이 지구와 우주를 넘나들며 본격적으로 펼쳐집니다.
벙커 K 요원들은 무사히 우주 벙커 K를 설립할 수 있을까요?
여러분의 힘찬 응원과 격려가 필요합니다!

오늘도 우리는 지구의 미래를 위해 우리가 나아가야 할 방향을 모색하고,
우주의 평화와 안녕을 기원합니다.
이제 벙커 K와 함께 광활한 SF의 세계로 떠나볼까요?

벙커 K 루트
CONTENTS

START!

벙커 101

벙커 랩

벙커랜드

벙커채널 K

12월에 만나요!

벙커랜드 Bunkerland

벙커채널 K Bunker Channel K

더 많은 SF 파워를 위해!

특별한 하루가 시작되었다. (물론 특별하지 않은 날은 단 하루도 없지만) 오늘은 더 특별한 날이다. 벙커 K가 드디어 우주로 진출하는 날이기 때문이다! 벙커 K 요원들은 비닐하우스 앞 공터에 모여 스페이스 열기구를 점검하고 있었다. 왜 갑자기 우주로 가냐고? 그동안 있었던 이야기를 들려주겠다. 불과 두 달 전 이야기다.

두 달 전, 벙커 K 연구소 에너지 측정실

> 윌리, 오늘 모인 SF파워는 얼마나 돼?

> 음… 그렇게 좋진 않아. 어제와 크게 다르지 않네.

공식적으로 벙커 K 연구소를 오픈하고 야심 차게 'SF 파워' 생산에 돌입한 요원들. 'SF 파워'는 'SF에 쏟는 지속적인 관심과 과학적 사실에 기반한 상상력의 힘'으로 만들어진다. 외계에서 온 싱크와 노바를 통해 이 에너지의 존재를 알게 된 요원들은 SF와 관련된 이슈를 찾아 토론하고, SF에 흥미를 느끼는 사람들을 모집해 함께 작품을 읽는 등 SF 파워를 모으기 위한 여러 활동을 개시했다. 그러나 생각했던 것과 달리, SF 파워의 생산 속도는 생각보다 더디기만 했다. 기록과 통계를 담당하는 윌리가 그린 'SF 파워 생산 추이 그래프'를 보면 확실히 알 수 있다.

> 오… 이런. 그래프가 아래로 점점 떨어지고 있잖아. 천재 사업가인 나 멜론머스크의 프로젝트가 이런 하락세라니, 믿을 수 없군.

> 도대체 뭐가 문제일까? 난 우리가 제법 멋지게 하고 있다고 생각했어.

요원들은 머리를 맞대고 원인을 분석하기 시작했다.

SF 파워

장버드 제작
무충력 보드

활동량이 부족했나?

에이, 그러기엔 이미 우리 모두 많은 시간을 투자하고 있는걸.

누군가가 에너지를 빼돌리기 위해 수작을 부리는 건 아닐까?

제 슈퍼컴퓨터를 이용해 분석해 봤지만 외부의 간섭은 없었습니다.

아!!!!

갑자기 무언가 번뜩 떠오른 듯 노바 주니어가 소리치며 책 한 권을 꺼내왔다.

노바리별에 있었던 때 읽었던 이 《노바리별 멸망금지》 23쪽에 적혀 있어요!
"SF 파워는 무한한 잠재력이 깃든 넓은 공간에서 폭발적인 힘을 발휘한다. 이를테면 우주 공간 같은. 일반 행성에서 수집되는 에너지의 약 150배 정도의 파워를 수집할 수 있다."라고요.

이야~ 우리 주니어 많이 성장했구나. 초기억 능력이 날이 갈수록 늘어나는군.

노바 주니어의 입에서 정확한 문장이 줄줄 흘러나오자, 노바는 감탄하며 주니어의 머리를 손가락으로 톡톡 두드렸다.(오해하지 말길! 머리를 톡톡 두드리는 건 노바족의 칭찬 행위이다.)
노바 주니어의 말을 듣고 곰곰이 생각하던 마루의 머릿속에 무언가가 스쳐 지나갔다. 드디어 때가 온 것이다. 마루는 비장한 표정으로 힘차게 말했다.

★ 우리, 우주로 떠나자! ★

스프박 씨의 등장

우주로 가자는 마루의 말에 모두가 놀란 것도 잠시, 우주 평화에 진심인 벙커 K 요원들은 마루의 의견에 적극 찬성했다. 요원들은 우주에 진출하면 무엇부터 해야 할지 앞다투어 떠들기 시작했다.

새롭게 시도할 수 있는 연구들과 더불어 개인적인 소망들까지 은근슬쩍 내보이며 기대감에 차 있는 요원들과 달리, 윌리의 표정은 그다지 밝지 않았다.

얼마 후, 윌리가 마루에게 다가가 물었다.

맞아! 우리에겐 K-아인슈타인 발명왕이 있었지! 무엇을 타고 우주로 갈지, 그것을 어떻게 만들지 이미 머릿속에서 설계를 시작한 장 버드의 눈이 반짝반짝 빛나고 있었다. 윌리는 여전히 걱정스러운 얼굴로 장 버드에게 질문했다.

> 그런데 대기권을 뚫고 우주 진공 상태까지 갈 수 있는 탈것을 만드는 게 가능한가요? 장 버드 씨가 발명을 잘하는 건 알고 있지만…

> 방법이 있어! 내 친구 중에 우주선 박사가 있거든!

> 우주선 박사라고?

> 우리는 그를 '스프박'이라고 부르지. 수프를 앉은 자리에서 10그릇 뚝딱 해치우거든.

> 수프 먹는 거랑 우주선이랑 무슨 관계가 있죠?

> 아아, 그건 그냥 그의 식성일 뿐이야. 워낙 특이해서 알려준 거라고! 어쨌든 스프박 씨가 설계해 놓은 우주선만 해도 몇십 대가 넘는다니까!

장 버드는 문제없다는 듯 자신있게 대답했다. 그의 말대로라면 우주선에 해박한 스프박 씨가 분명 연구소에 큰 도움이 될 것이다.(윌리는 스프박 씨의 이름이 수프가 아니라 SF에서 비롯되었다고 확신했다!)

바로 준비에 착수해야겠다고 생각한 장 버드는 스프박 씨에게 도움을 요청했다. 흔쾌히 도움을 주겠다고 대답한 스프박 씨는 이동 수단을 만들기 위해 알아야 할 자료들을 연구소 이메일로 발송하겠다는 말을 남겼다. 이 소식에 윌리도 걱정을 내려놓았고, 벙커 K 요원들의 우주 진출도 한발짝 더 가까워졌다.

스페이스 열기구 제작

사흘 정도 흘렀을까? 스프박 씨가 보내준 자료가 드디어 메일함에 도착했다.(역시 우주선 박사!)
장 버드는 이 자료를 토대로 스페이스 열기구와 셔틀 설계도를 만들었다. 일단 스페이스 열기구
설계도를 함께 확인해 보자!

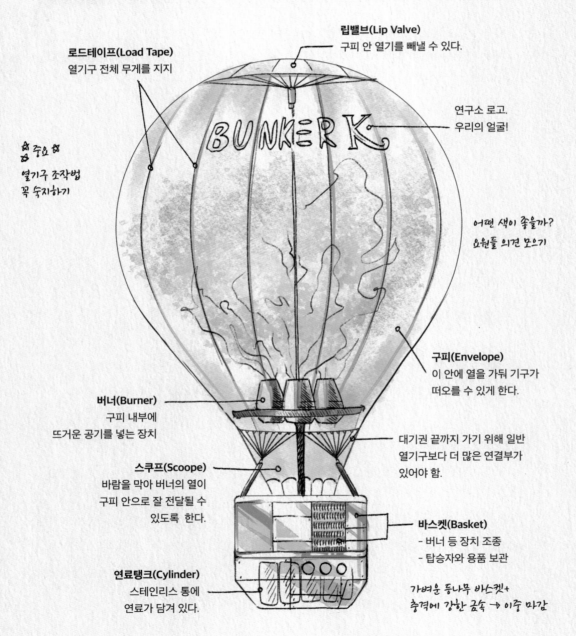

립밸브(Lip Valve)
구피 안 열기를 빼낼 수 있다.

로드테이프(Load Tape)
열기구 전체 무게를 지지

연구소 로고.
우리의 얼굴!

✿ 주요 ✿
열기구 조작법
꼭 숙지하기

어떤 색이 좋을까?
요원들 의견 모으기

구피(Envelope)
이 안에 열을 가둬 기구가
떠오를 수 있게 한다.

버너(Burner)
구피 내부에
뜨거운 공기를 넣는 장치

대기권 끝까지 가기 위해 일반
열기구보다 더 많은 연결부가
있어야 함.

스쿠프(Scoope)
바람을 막아 버너의 열이
구피 안으로 잘 전달될 수
있도록 한다.

바스켓(Basket)
- 버너 등 장치 조종
- 탑승자와 용품 보관

연료탱크(Cylinder)
스테인리스 통에
연료가 담겨 있다.

가벼운 등나무 바스켓+
충격에 강한 금속 → 이중 마감

이제 우주로 떠날 준비를 해야겠지? 각 요원들의 특징을 보고 각자의 임무를 주자.
정답은 없다! 스페이스 열기구를 멋지게 완성할 수 있도록 최적의 조합으로 구성해 보자!

마루
꼼꼼한 관리 솜씨!
힘 쓰는 건 별로야.

아라
활동가의 강철 체력!
답답한 건 못 참지.

멜론머스크
물건 탐색의 제왕!
하지만 좀 기계치…?

윌리
인내심은 우주 최강!
세밀한 작업을 좋아해.

큐브걸
디테일 하면 바로 나!
말이 많은 건 싫어.

장 버드
자타공인 발명왕!
끊임없이 움직이지.

노바족
길쭉한 팔과 다리.
물건 옮기는 게 빨라!

싱크족
벙커 K의 슈퍼컴퓨터.
코딩하는 걸 좋아해!

컴봇
도구 사용법은 나에게!
기계 조작법도 나에게!

별이
우다다다 엄청 빠르네!
할 줄 아는 말은 "왜옹"

꼬마 썬
방긋방긋 응원 요정!
모든 걸 배워가는 중.

무씨
나는 천천히 하는 게 좋아.
대신 절대 지치지 않아!

앤트군
근면성실! 안전작업!
규칙 위반은 못 참아!

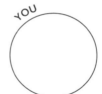
YOU
여러분의 역할은?
얼굴과 특징을
알려 주세요!

역할 담당 리스트 : 리스트를 완성해 보세요. 새로운 역할을 만들어도 좋아요!

· 스페이스 열기구 만들기 감독 :
· 부품 마련하기 :
· 제작비 관리하기 :
· 비행을 위한 시스템 코딩하기 :
· 본체 조립하기 :
· 최종 품질 검사하기 :
· 힘 빠질 때 응원하기 :

안녕, 우주야!

삐뽕삐뽕, 스페이스 열기구 엔진을 가동합니다. 곧 출발하니 안전고리를 확인하세요!

초대형 열기구의 엔진이 가동을 시작했다. 우주 진출에 가장 큰 역할을 한 장 버드는 지구에 남아 비닐하우스 연구소를 지키기로 했다. 싱크를 통해 지구별 소식을 전하고, 스프박 씨와 연구를 계속하며 벙커 K 요원으로서의 임무를 계속할 예정이다.

3초 뒤 열기구가 이륙합니다. 3, 2, 1 ….

마침내 열기구가 서서히 떠올랐다. 이 열기구는 지상으로부터 약 100km 고도의 대기권까지 날아갈 계획이다. 열기구가 대기권의 끝에 도달하면 요원들은 지구에서 가져온 부품들로 열기구를 셔틀로 개조하여 우주로의 비행을 시작할 것이다.

얼마 후, 열기구가 대기권 끝에 다다랐다. 요원들은 장 버드와 스프박 씨가 설계한 스페이스 셔틀 도면을 따라 열기구를 개조하기 시작했다. 빵빵한 열기구 천을 튼튼하고 가벼운 티타늄과 세라믹 철판으로 덮고, 뻥 뚫려 있던 공간들도 전부 특수 유리로 막아 우주 환경에 맞도록 개조했다. 오래 준비하고 노력한 덕분일까. 마침내 열기구를 우주선 '스페이스 셔틀'로 변신시키는 데 성공하였다. 요원들은 모두 환호성을 질렀다.

이렇게 변신한 스페이스 셔틀은 열권을 지나 사실상 우주 공간의 시작이라고 볼 수 있는 외기권에 도달했다. 어느새 파랗던 하늘은 온데간데없이 사라지고 깜깜하고 광활한 우주가 눈앞에 펼쳐졌다. 와아!! 모두의 입에서 감탄사가 터져 나왔다. 진짜 우주로 갈 수 있을지 끝까지 걱정을 놓지 못했던 윌리는 끝내 눈물을 글썽거렸다.

벙커 K 연구소를 만드는 방법

그런데 갑자기 우주에 벙커 K 연구소를 어떻게 만드냐고? 걱정마시라. 요원들에게는 다 계획이 있다. 우주 벙커 K 연구소는 지구의 둘레를 도는 공전 궤도 안에 마련할 생각이다.

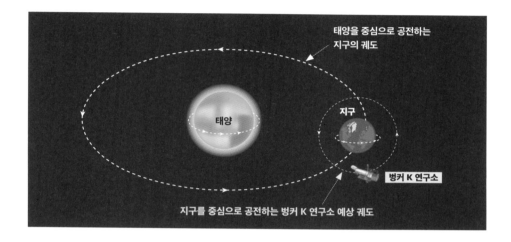

우주 벙커 K(연구소 2호 우주지점)는 '우주쓰레기'라고 불리는 폐인공위성들을 활용하여 우주정거장 형태로 만들 생각이다. 다만, 지구에서는 폐인공위성의 위치를 정확히 찾기 힘들기 때문에 우주에서 직접 고르고 선택해야 한다. 현재 태양을 공전하는 지구 궤도에는 약 3,500개의 폐위성과 75만 개에 달하는 소형 파편들이 흩어져 있다. 요원들은 일단 지구 가까이에 있는 저궤도 위성부터 탐색하기로 했다. 저궤도에 있는 위성들은 주로 소형이기 때문에 연구소를 설립하려면 꽤 먼곳까지 탐색하여 여러 개의 위성을 선택해야 한다.

최대한 빠른 시간 동안 연구소 설립에 적합한 위성을 찾기 위해 요원들은 아래와 같이 3가지 기준을 정했다.

> 첫째, 우주 전파와 같은 여러 신호 수신은 물론 지구 본부와의 연락이 원활하게 이루어질 수 있는 통신 장비가 있어야 한다.
> 둘째, 연구소와 숙소, 그리고 SF 파워를 저장할 수 있는 탱크가 들어갈 공간적 여유가 있어야 한다.
> 셋째, 요원들 마음에 쏙 들어야 한다!

폐위성을 모아라!

스페이스 셔틀이 마침내 위성들이 둥둥 떠다니는 지구 궤도의 한복판에 도착했다.

> 삑뽕삑뽕, 스페이스 셔틀이 목적지에 도착했습니다. 대기모드로 전환합니다!

스페이스 셔틀이 멈춘 지점은 200km 고도의 지점이었다. 이 궤도에는 군사정찰위성들이 주로 분포하고 있다. 여기서부터 천천히 고도를 높여가며 연구소 설립에 알맞은 위성들을 탐색하고 고를 예정이다.

> 여기부터 탐색을 시작하자!

> 2,000km까지는 저궤도 위성들이야. 여기를 집중적으로 탐색해야 해.

> 그래. 우리가 원하는 조건의 폐위성을 최대한 모아야지.

> 마루, 저 위성은 어때? 안테나 같은 게 잔뜩 달려 있어. 크기도 괜찮고.

> 우와, 괜찮은걸? 개조할 만한 장치도 많아 보여!

그때 멜론머스크가 앞으로 나서며 말했다.

> 음, 내 사업가적 시선으로 봤을 땐 무리가 있어. 공간을 나누기 애매해.

> 이런… 그러네!

요원들은 스페이스 셔틀을 위성들 사이로 이동시키면서 위성들을 관찰했다. 하지만 폐위성들은 대부분 우주 파편들을 맞아 많이 낡아 있었다. 가끔 중력으로 인해 저궤도로 내려온 위성들도 눈에 띄었지만, 대부분 수명이 길어보이지 않았다. '이러다 다시 지구로 돌아가야 하는 거 아니야?'라는 생각이 들 때쯤, 눈을 데구루루 굴리던 큐브걸이 한 위성을 가리키며 나지막이 말했다.

> 저기, 저 위성은 어때?

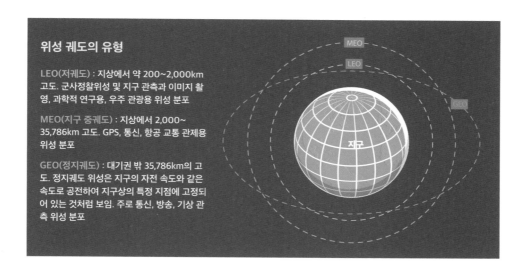

위성 궤도의 유형

LEO(저궤도) : 지상에서 약 200~2,000km 고도. 군사정찰위성 및 지구 관측과 이미지 촬영, 과학적 연구용, 우주 관광용 위성 분포

MEO(지구 중궤도) : 지상에서 2,000~35,786km 고도. GPS, 통신, 항공 교통 관제용 위성 분포

GEO(정지궤도) : 대기권 밖 35,786km의 고도. 정지궤도 위성은 지구의 자전 속도와 같은 속도로 공전하여 지구상의 특정 지점에 고정되어 있는 것처럼 보임. 주로 통신, 방송, 기상 관측 위성 분포

요원들은 일제히 큐브걸이 가리키는 위성을 바라보았다. 그것은 군사용 위성으로, 첩보위성에 속하는 '조기경보위성'이었다. 비교적 최근에 고장 난 것으로 보였는데, 비교적 넓은 몸체와 큰 태양 전지판, 심지어 여러 개의 안테나도 달려 있었다!

요원들은 큐브걸이 말한 위성을 구석구석 탐색하기 시작했다. 위성은 기대보다도 더욱 훌륭했다! 자잘한 장치 문제 때문에 버려진 것으로 보이는 위성은 외관뿐만 아니라 내부도 넓고 안전해 보였으며, 지구에서 가져온 도구와 부품들로 개조하기에도 안성맞춤인 상태였다. 요원들은 위성을 보고 연구소로 탈바꿈될 미래의 멋진 모습을 상상했다. 이 위성이야말로 원하는 조건을 만족할 뿐만 아니라 안전까지 보장받을 수 있는 최고의 위성이다. 요원들의 만족스러운 표정을 본 마루가 말했다.

> 저는 마음에 드는데, 다들 어떠신가요?

> 너무 좋아!!!!

만장일치로 우주 벙커 K 연구소의 메인 공간이 결정되었다! 요원들은 선택했던 몇 개의 위성을 더 둘러보았다. 이제 좀 더 위로 올라가 GPS 위성들과 기상 위성들까지 탐색해야 한다.

과연 이 버려진 위성들로 연구소를 무사히 만들 수 있을까? 연구소는 어떤 모습으로 탄생할까? 너른 우주 공간에 새롭게 지어질 우주 벙커 K! 다음 호를 통해 확인할 수 있을 것이다.

**SF의 세계에 호기심을 느끼는 분들을 위한
가벼운 워밍업, SF 클래스 101**

벙커 101

BUNKER 101

SF에 처음 등장한 우주

ⓒ 박상준

한국의 SF 영화 속 최초의 우주비행사는 누구일까요?

1967년 영화 〈대괴수 용가리〉에 나오는 우주비행사 유광남입니다. 나이가 아흔이 다 된 지금까지도 현역으로 활동하고 있는 이순재 배우가 연기했지요. 사실 이 영화는 우주 SF가 아니지만, 유광남이 신혼여행을 갔다가 급한 호출을 받고 복귀해서 로켓을 타고 우주로 올라가는 장면이 나와요. 그리고는 지상의 괴수 용가리를 관찰한 다음 본부에 보고하지요.

그런데 여기 등장하는 우주 발사장의 모습이나 다단계 로켓, 유인우주선 모듈 등의 묘사가 상당히 현실적입니다. 아마도 그 당시 미국에서 실제로 진행하던 아폴로 우주선 계획의 영상 자료들을 참고한 것 같아요. 〈대괴수 용가리〉가 개봉되고 2년 뒤인 1969년에 아폴로 13호 우주선은 인류 최초로 달에 사람을 태우고 갔다가 무사히 지구로 귀환했지요.

SF에 나온 가장 큰 우주선은?

2016년에 나온 SF 영화 〈인디펜던스 데이:리써전스〉에는 지구를 침략하는 외계인이 지름 3,000킬로미터가 넘는 우주선을 타고 옵니다. 이 정도면 달보다 조금 작지만, 그래도 명왕성보다 훨씬 큽니다. 그런데 '헤일로'라는 SF 게임에는 이것과 비교조차 안 될 만큼 커다란 우주선이 등장해요. 바로 '아크(The Ark)'라는 것인데, 직경이 12만 킬로미터가 넘습니다. 지구는 너무 작아서 비교 대상조차 안 되고, 토성을 넘어 목성에 가까운 크기입니다.

사실 '아크'는 우주선이라기보다 우주식민지 같은 것이지만, 어쨌든 인공적으로 만들어진 거대 물체라는 점에서 우주선의 일종으로 봐도 되겠지요. '아크'를 우리말로 옮기면 '방주'가 됩니다. '노아의 방주'의 그 방주 맞아요.

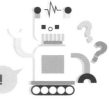

SF에 나오는 가장 긴 우주여행은?

미국의 SF 작가 폴 앤더슨이 1970년에 발표한 장편소설 《타우 제로》만 한 작품이 없습니다. 여기에 나오는 우주 이민선은 지구를 떠난 다음 이 우주 전체가 팽창을 멈추고 다시 수축을 시작하여 마침내 종말을 맞이할 때까지 최소 수백억 년 이상을 계속 날아가지요. 그리고 또다시 빅뱅이 일어나서 새로운 사이클의 우주가 생긴 다음까지 살아남아 결국에는 인류가 살 수 있는 행성을 찾아 착륙하게 됩니다.

이런 설정이 가능한 이유는 아인슈타인의 상대성이론에 따라 우주선이 빛의 속도에 가까워질수록 시간은 점점 느리게 가기 때문이에요. 그리고 광속에 도달하게 되면 시간은 멈춘 것처럼 보이죠. 그러나 이건 관찰자 입장에서 그런 것이고, 우주선에 탄 사람들은 정상적인 시간의 흐름처럼 느낀답니다. 이와 비슷한 상황이 영화 〈인터스텔라〉에도 나오지요.

우리나라 최초의 우주 SF는 어떤 작품일까요?

아쉽지만 아직까지는 확실하게 밝혀지지 않았습니다. 단순히 외계인이 등장하거나 천문 현상과 관련된 내용이 나오는 작품은 1930년대에도 나온 적이 있지만, 인간이 지구를 떠나 우주여행을 하는 이야기는 1950년대 말 즈음부터 확인이 됩니다. 예를 들면 1959년에 한낙원 작가가 잡지 〈새벗〉에 「화성에 사는 사람들」을, 또 '연합신문'에 우주정거장이 나오는 「잃어버린 소년」을 연재했지요. 사실 그보다 앞서 우주여행이 나오는 소설이나 만화가 나온 적은 있지만, 우리나라 작가의 창작이 아니라 외국 작품의 번역물인 경우가 대부분입니다. 아무튼 이 분야는 아직도 자료 발굴과 연구가 필요하답니다.

우주가 나를 부른다
SF로 떠나는 우주여행

ⓒ 박상준

'SF ' 하면 가장 먼저 뭐가 떠오르죠?

로봇? 우주선? 외계인? 시간여행? 초능력자? 미래 세계? …그리고 또?

그래도 가장 많은 사람이 생각하는 건 역시 우주선을 타고

반짝이는 별들을 바라보며 우주 공간을 날아가는 모습 아닐까요?

사실 '우주'는 SF에서 가장 오랜 역사를 지닌 주제 중 하나입니다.

SF라는 말이 생겨나기 전부터 우주를 배경으로 한 소설들이 나왔었죠.

예를 들어 '케플러의 법칙'으로 유명한 17세기 독일의 과학자 요하네스 케플러는

달과 그곳에 사는 생물을 묘사한《솜니움》이란 작품을 발표한 바 있습니다.

그 뒤로 SF에 등장하는 우주 이야기들은 엄청나게 넓어지고, 깊어졌지요.

우주 SF의 다양한 세계로 한번 들어가 볼까요?

스페이스 오페라

가장 유명한 우주 SF라고 하면 아마 많은 사람들이 〈스타워즈〉를 꼽을 거예요. 우주 여기저기를 누비고 다니면서 악당들과 맞서 싸우는 영웅들의 이야기죠. 이런 설정의 SF들을 흔히 '스페이스 오페라(space opera)'라고 합니다. 우리말로 옮기자면 '우주 활극' 정도가 되겠네요.

우리나라에서는 〈스타워즈〉보다 덜 유명하지만 〈스타트렉〉도 스페이스 오페라의 대표작 중 하나입니다. 〈스타트렉〉의 골수팬들을 일컫는 '트레키(Trekkie)'라는 말이 따로 영어사전에 실려 있을 정도지요.

'〈스타워즈〉는 〈스타트렉〉보다 판타지에 더 가깝다.'

〈스타워즈〉와 〈스타트렉〉의 차이점은 한 마디로 이렇게 얘기할 수 있어요. 즉 〈스타워즈〉보다는 〈스타트렉〉의 설정이 좀 더 과학적이라는 말이지요. 물론 그렇다고 해서 둘 중에 어느 작품이 더 낫고 못하다는 얘기는 아닙니다. 그저 작품의 스타일이 좀 다를 뿐이지요. 아무튼 스페이스 오페라는 우주 SF 중에서 가장 흔한 형식이라고 할 수 있어요. 예전부터 우리나라에도 잘 알려진 일본 대하소설 《은하영웅전설》이나 영화 '가디언즈 오브 갤럭시' 시리즈 같은 것도 스페이스 오페라의 좋은 예입니다.

스페이스 오페라는 20세기 전반기에 미국 등에서 인기를 끌며 유행했는데, 사실 배경만 우주일 뿐이지 그냥 뻔한 영웅 이야기에 지나지 않는다는 비판도 받곤 했습니다. 그래도 그 뒤로 많이 발전해서 SF로서 작품성이 뛰어난 스페이스 오페라가 많이 나왔답니다. 예를 들어 프랭크 허버트의 '듄' 시리즈나 댄 시먼스의 '히페리온' 시리즈 같은 작품들이 손에 꼽힙니다.

라이언 존슨 감독, 2017

저스틴 린 감독, 2016

다나카 요시키 저, 김완 옮김, 이타카, 2011

제임스 건 감독, 2023

드니 빌뇌브 감독, 2021

댄 시먼스 저, 최용준 옮김, 열린책들, 2009

우주선을 타고 어디까지 갈 수 있을까

우리에게 익숙한 이름인 **안드로메다은하**는 빛의 속도로 날아가도 250만 년이 넘게 걸리는 먼 곳에 있습니다. 태양계가 속해 있는 우리은하(은하수)의 지름만 해도 10만 광년에 이르는 크기지요. 그런데 주인공이 이런 아득한 거리를 종횡무진으로 누비고 다니려면 반드시 그런 우주여행이 가능한 우주선을 등장시켜야만 합니다. 이럴 때 나오는 설정이 바로 **워프(warp) 항법**이라는 것이에요. 워프 항법은 일종의 초공간 비행법을 의미하는데, 정상적인 우주 공간이 아니라 휘거나 구부러진 **초공간**, 혹은 **웜홀(worm hole: 벌레 구멍)**을 통과하여 실제 목적지까지의 물리적인 거리보다 가까운 거리를 날아간다는 논리입니다. 그러나 이 초공간이라는 개념은 순전히 SF적 상상일 뿐 실제로 존재하는 것은 아닙니다. 다만 블랙홀 안쪽에서는 우리가 아는 물리학 법칙이 더 이상 통하지 않기 때문에 그 안에는 초공간이 있을 수도 있다는 주장이 있기는 합니다.

그러면 또 다른 문제로, **광속을 내는 우주선**은 가능할까요? 로켓을 사용하더라도 빛의 속도에 가깝도록 빠르게 날아가는 것은 이론적으로 가능합니다. 진공 상태인 우주 공간에서는 사실상 마찰력이 작용하지 않기 때문에 가속을 유지하면 할수록 속도는 계속 올라가기 마련입니다. 그렇게 해서 광속에 가깝도록 끌어올린 속도로 관성 비행을 하면 장거리 여행도 가능합니다. 다만 이 경우에도 아인슈타인의 상대성이론에 따라 빛의 속도에 도달하거나 능가하는 것은 불가능합니다. (물론 가능하다고 설정한 SF도 꽤 있지만요.) 그래서 몇백 광년 이상의 머나먼 거리를 여행하려면 탑승자가 **인공동면**에 들어간다던가 또는 우주선 안에서 자급자족하며 아이를 낳고 길러 몇 세대에 걸쳐 오랫동안 여행을 하는 '**세대 우주선**'을 타거나 하는 일이 필요하게 됩니다.

지구는 커다란 '세대 우주선'

니헤이 츠토무의 만화 《시도니아의 기사》를 보면 길이가 수십 킬로미터에 이르는 거대한 우주선이 나옵니다. 그 안에 타고 있는 사람들만 해도 몇십만 명이 넘지요. 이 우주선은 정체불명의 외계 존재가 공격해 오자 지구를 버리고 떠난 항성 간 **우주 이민선**입니다. 1천 년이 넘게 우주를 날아가는 동안 그 안에서 사람들이 살다가 늙어 죽고 새로운 세대가 또 계속 태어나고 하지요.

로버트 하인라인의 소설 《조던의 아이들》도 **세대 우주선**이 배경인데, 여기서는 사람들 사이에 싸움이 일어나 어른들 대부분이 죽어버리는 사태가 발생해요. 남은 아이들은 자기가 살고 있는 세상이 사실은 거대한 우주선이라는 사실조차 모릅니다. 물론 바깥에 광막한 우주공간이 있는 것도 모르고요. 그러다가 주인공 소년이 우연히 낯선 사람을 만나 세상의 진짜 모습과 우주의 존재를 알게 되고, 결국에는 동료들을 설득해 다시 인류의 새로운 터전을 찾아 나가는 여정을 이어간다는 이야기지요.

이렇게 보면 우리가 살고 있는 지구도 결국 하나의 거대한 세대 우주선이라는 생각이 들지 않나요?

우주선 없이 우주로 가는 방법

SF에 나오는 우주여행 방법들 중에서 가장 기발한 아이디어는 뭘까요? 〈은하철도 999〉의 우주기차? 〈우주해적 캡틴 하록〉의 우주해적선? 사실 이것들은 모양만 별날 뿐이지 기본적으로는 SF에 흔히 나오는 로켓 엔진 달린 우주선이라는 점은 똑같습니다.

오히려 과학기술이 지금처럼 발달하지 않았던 옛날 SF에서 신기한 설정들을 찾아볼 수 있지요. 예를 들어 1906년에 프랑스에서 만든 〈별나라 여행〉이라는 단편 흑백영화를 보면, 주인공인 늙은 천문학자가 평생 동경해 오던 별로 우주여행을 떠나면서 달밤에 거대한 비누 거품을 타고 하늘로 날아오릅니다!

그렇다면 우주까지 가려고 할 때 로켓이 아닌 다른 수단은 없을까요? 작용-반작용의 법칙(뉴턴의 운동 법칙 중에서 제3법칙)을 이용해 추진력을 내는 로켓 엔진뿐일까요?

사실은 로켓이 없어도 우주에 갈 수 있는 방법이 있습니다. 바로 **우주 엘리베이터**입니다. 궤도 엘리베이터라고 부르기도 하는 이 방법은 글자 그대로 엘리베이터를 타고 우주까지 올라가는 것입니다. 그게 말이 되나? 그렇게 높은 엘리베이터 탑을 세우면 자체 무게 때문에 무너지지 않나? 당연히 이런 의문이 들겠지요.

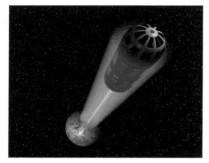
우주 엘리베이터 상상도

그러면 이렇게 생각해 보세요. 지금도 우주에는 인공위성이 많이 떠 있잖아요? 그중에 '정지위성'이라는 것이 있는데, 땅에서 올려다봤을 때 움직이지 않고 그 자리에 가만히 있는 것처럼 보이는 인공위성을 말합니다. 사실 이 위성은 정말로 안 움직이는 게 아니고, 지구의 자전 속도와 똑같이 맞추어서 지구 둘레를 돌고 있답니다. 그러니까 우리에게는 마치 그 자리에 가만히 머물러 있는 것처럼 보이는 것이죠.

이 정지위성에서 아주 긴 밧줄을 땅까지 늘어뜨린다고 상상해 보세요. 마치 《잭과 콩나무》처럼요. 이 밧줄을 타고 계속 올라가기만 하면 우주까지 도달할 수 있지요. 물론 밧줄 무게 때문에 정지위성이 땅으로 추락해버릴 텐데, 그건 지구가 아닌 우주 방향으로 같은 질량의 무게추를 달면 해결이 됩니다. 정지위성이 실제로는 지구 둘레를 돌고 있으니, 무게추는 원심력 때문에 지구 반대 방향으로 잡아당기는 힘을 내지요. 이 힘이 지구 쪽으로 떨어지려는 밧줄의 무게를 지탱해 주는 것입니다.

우주 엘리베이터는 아직 이론적으로만 존재하는 기술이지만, 이미 세계 여러 나라에서 연구를 진행하고 있습니다. 지금은 밧줄의 역할을 할 **엘리베이터 탑**을 어떤 튼튼한 소재로 만들 것이냐 하는 것처럼 기초적인 단계에 머물러 있습니다. 우주 엘리베이터는 로켓 우주선보다 훨씬 저렴한 비용으로 사람과 화물을 우주로 실어 올릴 수 있기 때문에 언젠가는 꼭 실현될 것입니다.

우리나라 영화 〈승리호〉나 이현 작가의 동화 《로봇의 별》, 일본 만화 《총몽》 등에 우주 엘리베이터가 등장합니다. 특히 아서 클라크의 장편소설 《낙원의 샘》은 우주 엘리베이터의 건설 과정 그 자체를 제재로 삼은 작품으로 잘 알려져 있지요.

SF로 보는 우주 관광 가이드

SF 문학사에서 가장 유명한 이야기로 꼽히곤 하는 작품 중에 아이작 아시모프의 단편소설 「전설의 밤」이 있습니다. 밤이 없는 세상에 관한 이야기지요. 하늘에 태양이 여섯 개나 있어서 언제나 그중에 최소한 하나는 떠 있거든요. 그곳의 사람들은 별이라는 걸 본 적이 없답니다.

그런데 그 세계에는 옛날부터 한 가지 불길한 전설이 전해져 내려옵니다. 1천 년마다 한 번씩 '밤'이라는 것이 찾아오고, 그러면 온 천지가 깜깜해지면서 '별'이라는 것들이 하늘에 나타나 세상은 종말을 맞는다는 무서운 내용이지요.

하늘에 태양이 여섯이라는 게 과학적으로 가능한 얘기일까요? 태양 하나만으로도 그 열기와 에너지가 대단한데, 둘이나 셋도 아니고 여섯 개나 있을 수 있을까요? 결론부터 말하자면 가능합니다. 사실은 태양이 여섯 개나 모여 있는 것을 실제로 천문학자들이 발견했거든요.

별이 하나가 아니라 둘 이상이 같이 모여 있는 것을 **연성**(짝별)이라고 해요. 연성들을 잘 관측해 보면 둘이 아니라 셋이 모여 있는 경우도 많다고 합니다. 게다가 이제껏 관측된 별들을 통계 조사해 보니 우리의 태양처럼 혼자 있는 별보다는 연성인 경우가 오히려 더 많아요. 그 비율이 최소한 50%에서 많게는 70%까지 될 수도 있다고 하지요.

하늘의 별자리 중에서 **쌍둥이자리**가 있습니다. 이 별자리는 모두 8개의 별로 이루어져 있는데, 사실은 지구에서 봤을 때 편의상 하나의 별자리로 묶어놓았을 뿐이고 실제로 그 각각의 별들은 서로 까마득하게 멀리 떨어져 있어요. 가까운 것은 지구에서 35광년 정도지만, 먼 것은 600광년 정도까지 떨어져 있지요.

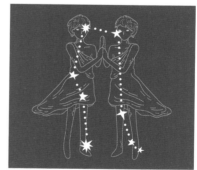

쌍둥이자리

그런데 그 8개의 별 중에서 가장 밝은 별, 즉 **알파성**(으뜸별)을 천체망원경으로 자세히 살펴본 결과, 별이 하나가 아니라 두 개라는 사실이 밝혀졌습니다. 둘이 서로 가까이 붙어있기 때문에 사람의 눈에는 하나로 보이는 것이지요. 게다가 성능 좋은 망원경으로 자세히 살펴보니 **제 3의 별**이 또 하나 있었습니다. 이 세 번째 별은 너무 어두워서 그동안 관측되지 않았던 것입니다.

하지만 시간이 지나 관측 장비가 좋아지면서 더 놀라운 사실이 밝혀졌어요. 그 세 별들이 사실은 제각기 별 두 개가 가까이 붙어 있는 연성이라는 사실이 드러난 것입니다. 즉, 도합 **여섯 개의 별**이 한데 모여 있는 것이지요.

이 별들은 서로 상대방의 둘레를 도는 공전 운동을 하고 있으며, 다시 두 쌍의 별들은 서로의 무게중심 둘레를 도는 공전 운동을 하고 있어요. 복잡하지요? 그런데 만약 이 별들 주변에 지구와 같은 행성이 있어서 역학적 균형을 유지한 채 공전 궤도를 타고 있다면, 그리고 그 행성에 사람이 살고 있다면, 위에서 소개한 소설처럼 하늘에 여섯 개의 태양이 떠 있는 상황은 충분히 가능해지는 것이지요.

그렇다면 「전설의 밤」에서처럼 1천 년에 한 번 태양이 모두 없어져 버린다는 설정은 가능할까요? 우리 지구에 일식도 있고 월식도 있듯이, 여섯 개의 태양이 모두 사라지는 것도 이론적으로는 가능합니다. 각각의 별들이 공전 궤도가 절묘하게 교차되어 서로를 가려주고, 그리고 달이 있어서 마지막 태양마저 가린다면 '6중 일식'도 일어날 수 있는 거지요. 다만 통계적으로 그럴 확률은 무척이나 낮기 때문에 지구처럼 일식이 자주 일어나는 게 아니라 1천 년에 한 번 정도로 설정한 것입니다. 드라마로도 만들어진 류츠신의 장편소설 《삼체》도 「전설의 밤」과 비슷하게 태양이 셋 있는 세상에서 아주 길고 불규칙한 주기로 일식이 일어나는 외계 세상을 다루고 있지요.

SF의 우주 이야기들은 사실 다른 요소들과 결합된 경우가 대부분입니다. 이를테면 십중팔구는 외계인이나 외계생명체가 등장하고, 또 지구가 아닌 낯선 외계 세상도 다양하게 나와요. 우주선 그 자체가 배경인 작품들도 상당히 많고요. 그래서 '우주 SF'라고 한 마디로 뭉뚱그리기에는 너무나 많은 작품이 여기에 포함되어 있습니다. 앞으로는 외계인과 외계생명체, 달이나 화성, 그밖에 다른 외계 세상 등등으로 나누어 어떤 작품들이 있는지 더 자세히 알아보는 기회를 가져 볼게요.

박상준
서울SF아카이브 대표. SF 및 과학 교양서 전문 기획자, 번역가이자 칼럼니스트.
2007년 SF 중심의 장르문학 전문잡지 〈판타스틱〉의 초대 편집장, 웅진출판사의
SF 전문 임프린트 '오멜라스' 대표, 한국 SF협회 초대 회장을 지내며 한국 SF계와
동고동락했다. 30여 권의 책을 펴냈으며, 지금은 SF, 교양과학, 한국 근현대 과학
기술 문화사 분야의 칼럼니스트, 강연, 자문 활동을 하고 있다.

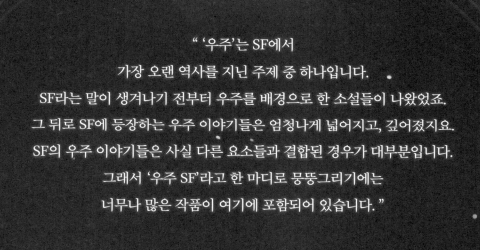

" '우주'는 SF에서
가장 오랜 역사를 지닌 주제 중 하나입니다.
SF라는 말이 생겨나기 전부터 우주를 배경으로 한 소설들이 나왔었죠.
그 뒤로 SF에 등장하는 우주 이야기들은 엄청나게 넓어지고, 깊어졌지요.
SF의 우주 이야기들은 사실 다른 요소들과 결합된 경우가 대부분입니다.
그래서 '우주 SF'라고 한 마디로 뭉뚱그리기에는
너무나 많은 작품이 여기에 포함되어 있습니다. "

'우주 SF' 팬들을 위한 추천 영화

영화 〈인터스텔라〉

흥미진진한 스토리부터 놀라운 과학적 설정까지, 우주 SF의 모든 것을 잘 꾸려 담은 종합선물세트 [크리스토퍼 놀란 감독. 미국. 2014]

영화 〈마션〉

화성에 혼자 남은 주인공이 끝까지 살아남아 무사히 지구로 귀환하는 과정을 다큐처럼 생생하고 재미있게 보여주는 수작 [리들리 스콧 감독 감독. 미국. 2015]

영화 〈승리호〉

한국 최초의 본격 우주 SF 영화. 한국 SF 최초로 휴고상과 네뷸러상 최종 후보에 오른 작품 [조성희 감독. 한국. 2021]

영화 〈스타워즈〉

'스페이스 오페라' 장르의 대표작. 세계 SF 영화사에 엄청난 영향을 끼친 명작이며, 지금도 신작이 계속 나오는 거대한 세계관을 만든 첫 작품 [조지 루카스 감독. 미국. 1977]

영화 〈그래비티〉

우주 조난 상황을 마치 다큐처럼 생생하고 긴박감 넘치게 묘사한 수작. 우주 SF 감상에 필요한 여러 지식들까지 얻는 것은 덤 [알폰소 쿠아론 감독. 미국. 2013]

'우주 SF' 팬들을 위한 추천 만화

〈저 너머의 아스트라〉

'소년소녀 우주 SF 만화'의 모범이라고 할 수 있는 흥미 만점의 명작. 애니메이션도 나와서 원작만큼이나 호평을 받았다. [시노하라 켄타. 일본. 2016. 서울미디어코믹스]

〈플라네타륨 고스트 트래블〉

우주 이곳저곳을 여행하는 주인공 소년이 겪는 환상과 감동의 사연들. 이야기보다 이미지가 더 기억되는 수작 [사카쓰키 사카나. 일본. 2021. 재담미디어]

〈플라네테스〉

'우주 SF 만화'의 필독서로 꼽히는 명작. 지구와 우주를 배경으로 다양한 캐릭터들이 우주의 꿈을 키운다. [유키무라 마코토. 일본. 1999. 학산문화사]

〈시도니아의 기사〉

거대한 우주 이민선이 정체불명의 존재와 벌이는 사투. 우주와 거대로봇물의 결합이며 애니메이션으로도 만들어졌다. [니헤이 츠토무. 일본. 2009. 애니북스]

〈트윈 스피카〉

우주를 꿈꾸는 소녀가 온갖 어려움을 뚫고 목표에 도달하기까지 과정을 감동적으로 그린 명작 드라마 [야기누마 고. 일본. 2001. 세미콜론]

우주로 쏘아 올린
미래의 꿈

숭문고등학교 로켓동아리 '오버페이스(overpace)'

김영우

박현우

정승호

    2023년 12월 24일, 충남 당진의 너른 들판에서 로켓 하나가 하늘로 솟구쳐 올랐다. 굉음을 내며 날아간 이 로켓은 '오버페이스'라는 한 스타트업이 쏘아 올린 '고체연료 로켓'이다. 목표했던 거리인 3km를 날아가진 못했지만, 일직선으로 462m까지 올라갔으며, 최대 속도 922km/h를 기록했다.

    놀랍게도 오버페이스(overpace)는 서울 숭문고에 재학 중인 고등학생 네 명이 2022년에 설립한 민간 항공우주 연구 스타트업이다. 공동대표인 정승호, 박현우 학생은 로켓 기획과 프로그래밍, 설계와 제작을 담당하고 있으며, 김영우 학생은 코딩 등 컴퓨터 프로그래밍과 데이터 분석, 윤수연 학생은 로켓 제작 기획에 주력하는 엔지니어 역할을 맡았다. 현재는 정승호, 박현우, 김영우 학생을 주축으로 활동하고 있다.

우주로 가려면 지구의 중력을 이겨낼 수 있는 로켓이 있어야 한다. 로켓은 연료에 산소를 섞고 불을 붙여서 연료를 가스로 바꾸고, 엔진은 이 가스를 분출시키는 힘(추력)으로 날아오른다.

로켓의 추진 방식은 크게 두 가지로, 액체추진과 고체추진이 있다. 로켓은 연료와 산화제를 내부에 탑재하는데, 고체 연료와 산화제를 사용하는 것을 '고체추진제'라고 한다. 고체추진 로켓은 액체 산화제와 연료를 사용하는 로켓보다 구조가 단순하여 기술적 진입 장벽이 낮다. 오버페이스 역시 개발이 쉽고 보관하기도 편한 고체추진 로켓을 제작하여 로켓 발사 실험을 계속해 왔다.

* 벙커 K 편집진은 오버페이스 학생들과의 인터뷰를 위해 서울 마포구에 위치한 숭문고등학교를 찾았다. 인터뷰에 답한 순서대로 실었으며, 성은 빼고 이름만 표기했다.

🎤 안녕하세요! 만나서 반갑습니다. 고체연료 로켓을 쏜 고등학생들에 대한 기사를 보고 무척 만나보고 싶었어요. 먼저 '오버페이스'에 대해서 설명해 주세요.

승호 오버페이스는 고1 때 학교에서 만든 로켓 동아리였어요. 직접 로켓을 만들어 날려보고 싶어 뜻이 맞는 친구들을 모아 동아리를 만들었지요. 그런데 동아리에서 다양한 활동을 하다 보니 그냥 동아리 정도로 끝내기에는 아깝다는 생각이 들었어요. 좀 더 체계적으로 관리를 해야겠다고 생각해서 먼저 팀 이름을 제대로 만들기로 했죠. 오버페이스(overpace)는 '오버(over)'와 '스페이스(space)'를 합친 명칭에서 s를 뺀 단어로 '우주 너머'라는 뜻을 담았어요. 그런데 오버페이스는 자기 능력을 초과한다는, 조금 부정적인 의미도 있어요. 하지만 저희는 '한계를 초과하여 도전한다'는 의미까지 더해 이 이름을 선택했어요.

🎤 오버페이스가 스타트업으로 법인을 설립했다는 소식도 꽤 놀라웠어요.

승호 오버페이스의 주요 활동이 로켓 발사인데, 로켓 발사를 위해서는 부지 답사, 인원 통제와 같은 여러 절차를 거쳐야 해요. 법인을 설립하면 이런 과정들이 조금 더 수월해져요. 산화제로 사용하는 원료를 구입할 때에는 사업자등록증을 요구하는 곳도 많았어요. 로켓 발사도 항공교통본부에 공역 사용 승인을 받아야 하는데, 개인보다는 법인일 때 좀 더 수월하죠.

🎙 그럼 현재 오버페이스의 목표는 로켓 발사인가요?

현우 지금까지 수십 번의 시험 발사를 했는데, 두 번은 성공했어요. 처음에는 로켓을 직접 만들어 날리고 로켓에 대해 연구하며 호기심을 충족시키기 위해 활동했는데, 지금은 목표가 조금 달라졌어요. 지금은 로켓을 쏘고 싶어 하는 친구들을 위해서 조립하기 쉬운 고체연료 로켓 키트를 만들고 있어요.

🎙 와, 로켓 키트라니, 본격적인 사업 구상이네요. 이야기는 나중에 좀 더 듣기로 해요. 먼저 로켓을 접하게 되었던 순간의 경험, 혹은 이 분야에 발을 들여놓기 시작한 첫 경험에 관해 이야기를 듣고 싶어요.

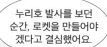
누리호 발사를 보던 순간, 로켓을 만들어야 겠다고 결심했어요.

승호 저는 원래 취미가 별 보는 것이었어요. 천체 관측을 하면서 직접 가고 싶다고 생각하곤 했죠. 그러다 중학교 3학년 때 누리호 발사 소식을 접하고, 그걸 직접 보러 갔어요. 지상에 있던 물체가 늘 보던 하늘로 올라가는 걸 보는 순간, 이걸 만들어야겠다고 생각했어요. 그때의 떨림이 잊히지 않아요. 그때부터 조금씩 구체적으로 계획을 세웠어요. 로켓의 형태와 연료가 되는 것들에 대해서요. 그러다 고등학교에 입학했는데, 동아리를 만들면 연구 지원을 많이 해 준다는 이야기를 들었어요. 그때 로켓 생각이 났지요. 혼자서는 힘들 거라 생각해서 기계 공학과 코딩에 관심이 많은 친구에게 이야기했고, 같이 시작하게 되었어요.

현우 승호가 설탕이나 소르비톨 같은 간단한 재료를 섞으면 로켓의 연료가 된다고 얘기했는데, 재미있겠다 싶었어요. 제가 모델링 설계를 할 수 있어서 도움이 될 것 같아 함께 시작하게 되었죠. 처음에는 아무것도 모르는 상태에서 로켓 모양만 구현해 냈어요. 물론 실패했죠.(웃음) 이후로 로켓의 구조를 하나씩 알아가고, 어떻게 작동하는지 배우면서 점점 더 발전하게 되었어요. 어쨌든 시작은 호기심과 흥미였다고 말할 수 있겠네요.

영우 승호와 현우가 로켓 만드는 것을 보고 데이터를 수집하는 장치를 추가하면 좋겠다는 생각이 들었어요. 전 코딩을 좋아해서 프로그래밍에 참여하게 되었죠. 시간이 지나면서 차츰 로켓 설계와 구조에 대해서도 알아가게 되었고요. 특히 연료가 어떻게 만들어지는지에 관심이 생겨서 더 적극적으로 참여하게 되었어요.

🎙 이번 벙커 K의 주제는 '우주'입니다. 여러분에게 우주란 어떤 곳인가요?

우주는 알면 알수록 미지의 세계라는 생각이 들어요.

승호 로켓을 쏘면서 접한 우주는 생각보다 가기 힘든 곳이에요. 그렇기에 '도전'의 의미가 있는 곳이기도 하죠. 가고 싶지만 가기 어려운 곳이에요.

현우 알면 알수록 미지의 세계라는 생각이 들어요. 우주에 도달한다 해도 모르는 영역이 훨씬 많을 것 같고요. 그래서 오히려 내 자신이 점점 더 작아지는 느낌이 들 때도 있어요.

영우 사실 저는 언론을 통해서 일론 머스크가 로켓을 만들고 성공하는 것을 볼 때 그 과정이 그리 어려울 거라고 생각하진 않았어요. 그런데 직접해 보니 몇십 미터 올라가는 것도 정말 힘들더라고요. 거기까지 가는 데도 정말 많은 준비가 필요했거든요. 그래서인지 우주는 도달하기 힘든 공간이라고 느껴져요.

🎙 오버페이스에 대한 질문을 좀 더 해볼게요. 고등학생으로서 스타트업을 이끌어 가는 것이 쉽지 않을 것 같은데, 어떻게 운영하고 있나요?

승호 회사라면 이익을 추구해야 하죠. 현재는 이익이 없으니 적자 상태예요. 법인 설립은 했지만 사비를 들여 운영하니 아직 진정한 회사라고 말할 수는 없겠죠. 그래도 우리가 어떤 단체에 속해서 활동하고 있고, 사칙에 따라 운영하고, 프로젝트 자료를 체계적으로 관리해요. 처음에는 단순히 단체를 만들자고 시작했지만, 점차 지속가능하게 하는 방법을 찾고 싶었어요. 그래서 키트 개발을 생각하게 된 거고요.

🎙 오버페이스의 사칙은 무엇인가요?

영우 하고 싶을 때 하고, 하고 싶은 것만 하고, 하기 싫으면 안 한다. 이게 가장 중요해요.(일동 웃음)

하고 싶을 때 하고, 하고 싶은 것만 하고, 하기 싫으면 안 해요.

🎙 부러운 사칙이네요! 아직은 적자라고 했는데, 앞으로는 키트를 판매하기 위해 개발하고 있다는 거죠?

현우 맞아요. 사실 처음과는 생각이 좀 바뀌었어요. 일단은 자본이 무엇보다 필요하다는 걸 알게 된 거죠. 그래서 교육용 로켓 키트 개발과 캔위성 발사 서비스를 진행하고 있어요.

🎙 캔위성에 대해 좀 더 설명을 듣고 싶어요.

승호 위성은 지구를 돌며 사진 촬영이나 통신 임무를 수행하잖아요. 캔위성도 똑같아요. 캔위성은 1~2km 정도 상공으로 쏘아 올리는 음료수 캔 정도 크기의 위성인데, 위성이 하는 임무를 지구에서 재현해 보기 위한 거예요. 많은 학생이 매년 캔위성 대회에 참가해요. 그러려면 미리 캔위성을 테스트해 봐야 하는데, 1km까지 위성을 올릴 방법이 마땅히 없어요. 그런데 우리 로켓은 1km 정도까지 올라갈 수 있거든요. 그래서 로켓의 빈 공간에 캔위성을 달아서 쏘아 올리고, 낙하산을 펼쳐서 내려오도록 하는 서비스를 제공하기로 한 거죠. 지금은 한 학교 동아리의 의뢰를 받아 오는 12월에 발사를 앞두고 있어요. 이 서비스가 우리 회사의 수익 창출을 위한 첫 번째 단계가 될 거라고 생각해요.

🎙 로켓의 역할에 대해서도 간단히 설명해 주세요.

승호 여러 나라의 항공우주국에서는 인공위성이나 우주탐사선을 발사할 때, 또 우주 비행사들을 태운 우주선을 우주정거장으로 올려보내기 위해 로켓을 이용해요. 미사일 같은 군사 무기로 쓰일 수 있고, 과학적 목적을 가지고 대기의 분포를 파악할 수도 있고, 인공위성을 궤도에 투입할 수도 있어요. 캔위성도 우주와 로켓에 대한 관심이 커지며 등장했어요. 당장 학생들은 자본도 지식도 부족하니까 거대한 인공위성을 만들 수는 없잖아요. 작은 크기의 캔위성이 그런 것들을 미리 구현해 볼 수 있도록 도움을 주는 것이죠.

발사 준비중인 OSR-I:Final 로켓. 모든 항전장비는 비행 준비를 맞췄으며, 점화기에도 전원이 연결되어 있어 발사 버튼을 누르면 로켓이 바로 발사된다.

2023년 12월 24일, 고도 3km를 목표로 발사한 OSR-I:Final 로켓. 목표에는 미치지 못했지만, 최고 속도 922km/h 달성과 실시간 영상 송신에 성공했다.

🎙 작은 로켓의 역할에 대해 미처 생각해 보지 못했어요. 오버페이스에게 로켓 발사 실험은 어떤 의미가 있나요?

승호 고등학생들이 이런 동아리에서 로켓을 플라스틱으로 만들어 100m 정도 쏘아 올리는 경우는 많았어요. 그런데 저희는 1km에 가깝게 쏘아 올리는 걸 성공한 거예요. 그리고 저희는 모든 걸 체계적으로 정리하여 기록으로 남겨놓고 있어요. 로켓을 직접 만들고, 발사 실험을 하고, 학회에서 발표하는 활동까지 하는 학생들은 전국에서 몇 명 되지 않을 거예요. 이걸 보고 따라 하고 싶다고 하는 친구들이 많이 생겨났죠. 관심을 두는 친구들이 많아졌다는 것이 가장 중요해요. 로켓이라는 분야를 많이 알리는 계기가 됐죠.

🎙 현재 활동하면서 한계가 있다고 느껴지는 점이 있나요? 그것이 회사의 앞으로의 방향과 관련이 있을까요?

승호 법적인 문제가 가장 한계인 것 같아요. 실패했을 때 현실적으로 리스크를 감당할 수 있을지가 중요해요. 로켓에 캔위성을 장착해 발사하는 건 충분히 할 수 있지만, 판매까지 이어지려면 여러 가지 제약과 위험이 따르니까요. 물론 키트용 엔진으로 특허를 받을 수도 있는데, 여러 가지로 생각 중이에요.

현우 로켓 엔진의 아랫부분에는 로켓 추진제가 들어 있어요. 연료가 연소하면 압력이 생겨 낙하산을 내보내게 되죠. 이런 과정들을 지연시키는 것은 기술적인 부분도 있지만, 법적인 문제가 더 걸려요. 당장 연료부터 허가를 받아야 하니까요. 이런 활동을 학교에서 많이 하는데, 관련 규제가 정확하지 않아요. 예를 들어 고체연료를 사는 건 안 되는데, 보관은 된다고 해요. 학생들로서 여러 가지 실험을 하고 이어 판매까지 하려면 그런 부분들이 모두 해결되어야 하죠. 아, 로켓을 쏘아 올리려면 주변 3~5km에 민가가 없는 공터여야 하는데 그런 장소를 찾는 것도 쉽진 않아요. 그런 실험을 할 수 있는 부지도 많이 조성되면 좋겠어요.

🎙 전문가들에게 자문을 구해 보는 건 어떨까요?

승호 이와 관련된 전문가들과의 간담회가 지난달에 있었어요. 대전에서 온 고등학생들이 몇 가지 질문을 했어요. 그런데 아마추어 로켓이 뭔지 잘 모르시더라고요. 미국에서도 고체연료를 만들지 않고 사지 않느냐는 말도 하셨고요. 학생들이 직접 연료를 만들고 로켓을 만든다는 것에 대해 큰 의미를 두지 않는 것 같았어요. 당장 1~2년 안에 바뀌는 걸 기대할 수는 없을 것 같아요.

🎙 안타깝네요. 이야기를 듣다 보니 오버페이스에서 만든 로켓 키트가 궁금해졌어요. 혹시 보여줄 수 있을까요?

현우 로켓에 탑재된 엔진과 추력측정시스템을 보여 드릴게요. 혹시 독자들이 궁금해할 수 있으니 로켓의 구조에 대해 간단하게 정리한 자료도 실어 주세요.

OSR-I:Final 로켓에 탑재된 OVS 3.0 로켓모터(엔진)의 모습. OVS 3.0은 5MPa의 연소압에서 최대 1,464N의 추력을 발생시키도록 설계되었다.

로켓모터의 추력 측정을 위해 제작한 TMS(추력측정시스템)이다. 최대 2,000N의 추력을 측정할 수 있게 설계되었으며, 외부 LCD를 통해 실시간으로 추력을 확인할 수 있다. 또한 모든 추력 데이터는 내부 SD 카드에 저장된다.

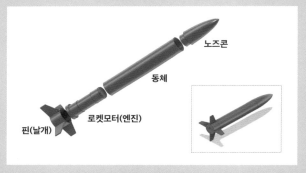

오버페이스에서 제작 중인 로켓 키트의 구조

• **노즈콘** : 로켓이 날아갈 때 발생하는 공기저항을 최소화하여 로켓이 빠른 속도로 비행 가능하게 한다.
• **동체** : 로켓 전체 무게를 줄이기 위해 종이 재질의 지관을 사용한다.
• **로켓모터(엔진)** : 소량의 추진제를 사용하여 안전하며, 낙하산 사출을 위한 지연장약과 사출장약이 포함되어 있다.
• **핀(날개)** : 로켓의 비행 안정성을 높여주어 로켓이 휘어지지 않고 수직으로 발사되도록 한다.

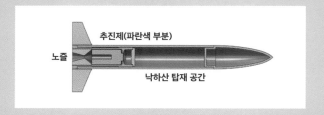

🎙️ 가족들의 반응이 궁금하기도 합니다. 학
생들의 회사 설립에 대해 어떻게 생각하
나요?

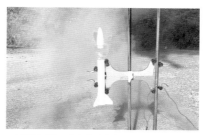

신뢰성 있는 낙하산 사출을 통해 로켓키트의 안전성을 확보하고자 여러 번의 사출 실험을 진행했다. 위 사진은 소량의 사출약이 점화되어 낙하산과 노즈콘을 밀어내고 있는 장면이다.

현우 처음에는 별 반응이 없으셨어요. 그런데 규모가 점점 커지면서 무거운 쇠를 외주 맡겨서 깎고, 만들고, 날리겠다고 하니 안 된다고 말리시며 걱정하셨어요. 그런데 실제로 로켓 발사까지 해내니 응원해 주셨어요. 걱정 반 응원 반이죠.

영우 저도 비슷해요. 일단은 걱정부터 하셨어요. 그런 무거운 것이 날아가기는 하냐, 터지는 것은 아니냐, 걱정하셨어요. 그래도 발사하는 것을 동영상을 찍어 보여드리곤 했더니 잘 만들었다고 칭찬하고 자랑스러워하셨어요. 멀리 갈 땐 차도 태워주시곤 하시죠.

승호 다 똑같아요. 부모님들은 무조건적인 응원도, 무조건적인 걱정만도 하실 수 없는 것 같아요. 쏘기 전엔 걱정하시다가도 하고 오면 잘 했다 하시죠.

🎙️ 오버페이스의 앞날이 정말 기대되네요. 앞으로 이루고 싶은 꿈은 무엇인가요? 또 그러기 위해 어떤 노력을 하고 있는지요.

승호 제가 사업 계획서에 이렇게 썼어요. '앞으로 지구를 떠나 우주로 가는 물체들이 많아질 것이다. 그 물체들이 우주 공간을 견딜 수 있을지 테스트가 필요하다. 그런 발사체들 부품의 신뢰성을 테스트하고, 물체를 직접 띄웠다가 안전하게 회수해 주는 것을 사업 목표로 두고 연구하고 싶다.' 그러기 위해서는 키트를 만들어서 돈도 벌고, 캔위성을 쏘아 저희 발사체 신뢰성도 확보해서 지속가능하게 하는 것이 현재의 목표예요.

현우 저는 관련 지식을 먼저 쌓고 싶어요. 만들면서 아는 것이 부족하단 생각을 많이 했거든요. 유체역학, 동역학 등을 배우고 싶어요. 실험으로만 접근했던 것을 이론적으로도 보완해야 전문성과 차별점을 가질 수 있다고 생각해요. 미래에 무슨 사업을 하든 간에요.

영우 저는 코딩 쪽 일을 하고 있는데요. 로켓을 날리고 와서 보면 SD 카드에 기록이 끊겨 있는 때도 있었어요. 그것은 코드의 문제가 아니라 로켓이 날아가면서 접합이 잘 안 된 것이 아니었을까 싶더라고요. 코딩 이외에 다른 분야의 지식을 쌓아야겠다는 생각이 들어요.

"미래 세대에게 꼭
필요한 건 창의력인 것
같아요. 이것저것
많이 보아야 하고요."

"실험으로만 접근했던 것을
이론적으로도 보완해야
전문성을 가질 수 있어요."

🎙 이제 좀 다른 질문을 할게요. 평소에 과학과 SF에 관심이 많았나요?

승호 사실 제가 아는 SF는 마블 영화 정도였어요. 그래서 SF에 대해서 많이 얘기할 수가 없
네요. 하지만 앞으로 SF에 대한 무한한 가능성에 대해 새롭게 알게 된 부분이 있어요. 무엇보
다 이 분야에 대해 많이 알리는 것이 중요하다고 생각해요. 알아야지 관심을 더 두고 빠져들
게 되니까요. 로켓은 아직은 마이너한 분야인데도 미국은 우리나라와 다르게 체계가 잘 갖
춰져 있더라고요. 왜 그럴까 궁금했어요. 한국과 달리 미국은 아무리 마이너한 분야라도 정
부 기관이나 재단에 담당자가 있더라고요. 개인 차원이나 민간의 노력만으로는 힘든 것 같
아요. 전문적인 담당자가 있으니 어떤 분야가 발전할 수 있는 거겠죠.

영우 저는 코딩에 관심이 있어 쭉 공부해 왔어요. 좋아하는 일을 하는 건 시키지 않아도 할
수 있어요. 과학이나 SF나 학생들에게 너무 공부 위주로 접근하지 않았으면 좋겠어요. 실험
등을 통해 더 재미를 붙일 수 있으니까요.

🎙 가장 감명 깊었던 책이나, 영화, 만화 등 삶에 영향을 끼쳤던 작품이 있나요?

칼 에드워드 세이건 저·
홍승수 역, 사이언스북
스, 2006

현우 영화 〈마션〉이요. '지구에서 했던 일들을 화성에서도 할 수 있구
나.' 하고 생각했죠. 미래에 그런 일들이 생기면 나도 화성에 가서 살
수 있겠다 싶어서 신기했어요.

영우 선생님께서 추천하신 책 《코스모스》가 기억나요. 아주 깊게 이
해한 건 아니었지만요. 영화는 현우랑 비슷하게 저도 〈마션〉, 〈인터
스텔라〉가 생각나요.

승호 〈인터스텔라〉는 과학을 좋아하는 사람은 누구나 좋아하는 영화
같아요. 저도 과학 영화 중에 제일 재미있게 봤어요.

🎙️ **우리 미래 세대들에게 꼭 필요한 힘이 있다면 무엇이라고 생각하나요?**

승호 호기심이요. 호기심이 있어야만 해결하고 싶은 열정이 생기거든요. 열정이 있어야 외압이 있어도 할 수 있고요. 사실 로켓을 만들고 발사한다고 해서 돈이 생기는 것도 아니고, 대학을 갈 수 있는 것도 아니잖아요. 하지만 계속할 수 있었던 힘은 호기심이었어요.

영우 창의력이 필요해요. 우리가 만드는 소형 로켓은 로켓의 다른 한 분야인 '모델 로켓'에 속하는데, 이 로켓을 만드는 데 가장 필요한 것도 창의력이었어요. 모든 걸 다 압축시켜서 만들어내야 하거든요. 그 과정에서 필요한 힘이었던 것 같아요. 이것저것 많이 보면서 자라는 환경이 주어지면 더 좋겠지요.

현우 어렸을 때부터 무엇을 보고 자라는지가 중요한 것 같아요. 저는 어렸을 때부터 설계를 좋아했어요. 가전제품을 이것저것 뜯어보곤 했어요. 그래서 그런지 구조에 관심이 많았어요.

🎙️ **SF에서 묘사하는 세계 중에는 암울하고 어두운 경우도 많습니다. 이런 관점에 대해 어떻게 생각하나요?**

승호 〈투모로우〉라는 영화를 보면 급격한 지구 온난화로 인해 기상 재해를 겪어요. 로봇이 세상을 지배하거나, 탄소 배출이 심해서 새까매진 지구에서 살아가는 영화를 본 적도 있고요. 만약 100년 전에 미래를 상상하며 그림을 그렸다면 화상 전화나 날아다니는 자동차 등을 상상하며 그렸을 거예요. 그런데 지금은 긍정적으로 그렸던 미래가 많이 어두워지고 암울해졌어요. 하지만 살아가야 하잖아요. 당장 닥치면 어떻게든 해결하지 않을까요? SF에서 그리는 세계처럼 어둡지만은 않을 거라고 생각해요.

롤랜드 에머리히 감독, 2004

영우 현재의 시점에서 봤을 때 암울한 거잖아요. 그런데 만약 2만 년이 흐른 뒤라도 그럴까요? 이상 기후가 와서 지구에서 탈출하려고 하는 상황이 그들에게는 평범한 일상일 수도 있죠. 지금과 같은 세계가 있었다는 것을 모르겠죠. 짧은 시간에 지구 상황이 확 바뀌지는 않을 테니까요. 암울하다는 기준 자체가 달라질 것 같아요.

현우 우주는 약 138억 년 정도 나이를 먹었대요. 인류가 살게 된 건 정말 얼마 되지 않는 거죠. 우리가 지금 이렇게 얘기를 하는 것도 정말 운이 좋은 거예요. 지구라는 행성이 만들어지고 마침 딱 맞게 물도 있어서 생명체가 탄생한 건데요. 현실을 암울하게 그릴 수 있다는 것 자체만으로도 엄청 운이 좋은 거예요. 우리는 선택받은 존재이니 낙관적으로 살아야 해요.

🎙 외계인이 있다고 생각하세요?

승호 음… 외계인은 모르겠지만, 외계 생명체는 무조건 있을 거예요. 하다못해 미생물, 세균, 바이러스라도 유기물은 분명히 있을 거예요. 없을 수가 없어요. 확률적으로요.

영우 현재 시점에서 인간만큼 발전한 생명체가 있을 것 같지는 않아요. 있어도 침팬지 정도의 생명체?

현우 로켓을 타고 만나러 가는 순간 지구의 에너지를 다 써야 한대요. 착륙할 때도 행성의 에너지를 다 뺏는다고 하네요. 생물은 있을 것 같은데, 만나지는 못할 것 같아요.

승호 한계가 명확해 보여요. 우주가 엄청 큰데, 속도가 빛의 속도로 제한되어 있어요. 우리끼리 하는 이야기지만, 빛은 정말 개느리거든요.(여기서 빵 터져버린 인터뷰어들!) 지구를 1초에 7바퀴밖에 못 돌아요. 태양까지 가는 데 8분이 걸리고, 화성까지 가는 데는 최대 20분 넘게 걸리거든요. 빛의 속도로 가는 로켓을 만든다고 해도 만날 수 없을걸요.

🎙 인류에게 우주는 앞으로 어떤 공간이 될까요?

승호 지금도 알면 알수록 또 새로운 것들이 나오는데, 우주란 세계는 정말 끝이 없어요. 사실 아는 것보다 모르는 것이 훨씬 더 많죠. 인류가 우주의 모든 것에 대해 다 알 수 있는 날이 올까요? 우주는 우리에게 늘 개척해야 할 미지의 공간이에요.

2023년 7월 29일 오버페이스에서 발사한 Faist 1.0 로켓이다. 낙하산 사출에 실패하여 정확한 비행 데이터를 분석할 수 없었지만, 외부 기록장치의 영상을 분석한 결과 500~700m의 고도에 도달했을 것으로 추정된다.

"SF에 대한 무한한 가능성에 대해 새롭게 알게 된 부분이 있어요. 무엇보다 이 분야에 대해 많이 알리는 것이 중요하다고 생각해요." ▶▶▶▶▶▶▶ ●

🎙 이제 방학이 끝나가네요. 입시도 얼마 남지 않았고요. 앞으로의 계획이 있나요?

영우 대학을 가도 좋고, 안 가도 나쁠 것 같지는 않은데요. 하지만 계속 코딩, 컴퓨터 관련해서 일을 하고 싶기는 해요.

현우 대학을 가고 싶어요. 사회적인 시선 때문이 아니라, 지식을 쌓는 게 어딜 가서라도 도움이 될 것 같아요.

승호 사실 어느 수준 이상이 되려면 공부를 하는 수밖에 없어요. 어디든지 진학을 해서 공부를 계속 해야죠. 우주나 천체에 관한 관심은 바뀔 것 같지 않아요. 로켓을 쏘든 별을 보든 계속해 나갈 거예요.

🎙 이제 마지막 질문을 드릴게요. 〈벙커 K〉 출간을 기념하여 열린 '벙커 K 대우주 간담회'에 참석해 주셨어요. 어떤 생각을 했는지 후기가 궁금합니다.

승호 작가분들이 정말 많이 오셨잖아요. 아주 흥미로운 시간이었어요. 한편으로 SF 분야에 대해서 정말 모르는 게 많았다는 생각이 들었어요. SF 역사가 생각보다 정말 길더라고요. PC 통신 전 세대부터 있었다는 거잖아요. 모르는 분야의 역사가 이렇게 길고 깊다는 사실이 놀랍고 신기했어요.

영우 저도 마찬가지예요. SF 관련해서는 기사나 영화 정도로만 접했거든요. 역사가 깊다는 것을 간담회에서 알았어요. 이 분야가 대중에게 널리 알려졌으면 좋겠다는 생각을 했어요.

* 오버페이스의 다양한 활동은 홈페이지나 SNS에서 만나볼 수 있다.
  홈페이지 www.overpace.kr **유튜브** @overpace_official **인스타그램** @overpace.kr

* 긴 시간 인터뷰에 적극 협조해 주신 오버페이스 학생들에게 감사의 마음을 전하며, 그들이 가진 멋진 꿈과 계획을 차근차근 이루어나가길 응원한다.

새로운 SF 작품을 읽고, 즐기며
SF에 대한 관점과 세계관을 넓히는 연구소

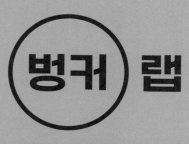

BUNKER LAB

시작을 만든 아이들

© 문이소

문이소

걱정 많은 뻥쟁이. 어릴 적 만화책으로 한글을 뗐다. 떡볶이를 사랑하고 라면 없이 3일을 못 버틴다. 강아지랑 같이 살고 동네에 아는 고양이가 많아 심심할 새가 없다. 삐삐 롱 스타킹과 앤 셜리를 흠모한다. 때때로 그림을 그리고 가르치는 일도 한다. 작은 것의 소중함을 아는 마음과 서로에 대한 다정함이 지구를 구할 것이라는 믿음으로 이야기를 쓴다.

〈마지막 히치하이커〉로 제4회 한낙원과학소설상을 수상했다. 청소년 소설 앤솔러지 《극복하고 싶지 않아》, 《희망의 질감》, 《외로움의 습도》, 《마구 눌러 새로고침》, 《내 정체는 국가 기밀, 모쪼록 비밀》과 SF 앤솔러지 《이토록 아름다운 세상에서》, 《나의 슈퍼걸》 등에 참여했다.

J-4357 우주, 늙은 별들의 무덤을 지나 가장 오래된 빛도 닿지 못한 곳.

탐사선 「호연지기」는 어둑한 공허 속으로 들어갔다. 창세신 학당 11학년 비르수는 탐사선의 대형 창문으로 주의 깊게 어둠을 살폈다. 현장학습 온 신입생 희붐도 나란히 서서 창 너머 어둠을 바라봤다.

"비르수 선배, 우주의 끝엔 정말로 별 부스러기 한 톨 없네요? 진짜 신기하다!"

비르수는 대꾸하지 않았다. 얼굴에 귀찮은 기색이 역력했다. 하지만 희붐은 여전히 종알거렸다.

"저 앞에 완전 깜깜한 데가 위대한 벽이죠? 벽 너머에는 뭐가 있어요?"

비르수는 희붐을 째려봤다. 이렇게 어리숙한 아이가 어떻게 창세신 학당에 입학했담. 비르수는 톡 쏘듯이 대답했다.

"위대한 벽이 우주의 끝이야. 끝 너머로는 우주라는 공간 자체가 없어."

"와, 신기하다. 그럼 벽에 부딪히면 어떻게 돼요?"

"위대한 벽이 건물의 벽처럼 생긴 줄 알아? 저긴 찢어지고 틀어진 공간이 수없이 중첩된 곳이야. 닿는 순간 몸이 공간 수대로 나뉠걸."

"으아, 너무 끔찍해요! 그런데요 선배, 이곳에 진짜로 '그것'이 있어요?"

"있어. 이쯤에서 나가 찾아보자."

비르수와 희붐은 J형 우주용 활동복을 입고 탐사선 바깥으로 나왔다. 희붐은 좀처럼 몸을 가누지 못하고 이리저리 허우적거렸다. 자세부터 영 어설펐다. 스승님은 왜 쟤를 보내신 거야, 비르수는 짜증을 꾹꾹 누르며 스승님의 메시지를 떠올렸다. '희붐에겐 네게 없는 게 있지, 도움이 될 거야. 네가 찾아야 하는 걸 찾으라고.' 비르수는 길게 한숨을 쉬었다. 희붐은 점점 더 격렬하게 버둥거렸다. 곧 위대한 벽으로 돌진할 기세다.

"신입생, 너 유영 점수 몇 점이야?"

"이힛, 낙제했어요."

"뭐어! 우주 유영을 빵점 맞았다고?"

"빵점이라뇨, 20점이에요."

"……다른 과목은?"

"선배, 그렇게 꼬치꼬치 묻는 건 실례예요. 전 선배한테 실력은 학당 창설 이래 최고라던데 왜 두 번이나 유급 먹었냐고 안 묻잖아요."

비르수는 어금니를 꽉 물었다. 입이 열리면 욕이 나올까 봐 앞니도 꽉 물었다. 비르수는 5미터짜리 구호줄을 꺼내 자신의 허리띠와 희붐의 허리띠를 연결했다. 두 번이나 유급당하더니 현장실습 나온 신입생을 위대한 벽에 내동댕이쳤다는 소리를 듣고 싶지 않아서였다. 희붐은 사실 무지하게 궁금했다. 비르수는 12학년 중에서도 온전히 펼치는 이가 없다는 '**일체완무(一切完無)**', 대상을 소립자까지 쪼개어 증발시키는 고위 기술을 통달한 실력자다. 그런데 스승님은 '정신머리가 글러 먹었어. 지 혼자 모든 걸 통제하고 누구와도 어울리질 않아. 특별 수련 보냈으니 네가 가서 도와줘.'라고 말했다. 이상했다. 신입생이 염려되어 구호줄로 연결해 다닐 만큼 다정한데 뭐가 문제지? 스승님이 단단히 오해하고 계신 것 같아, 가서 제대로 말씀드려야지. 희붐은 다짐했다.

얼마쯤 유영하던 비르수가 멈춰 섰다. **다층 공간 탐색술**, 손을 뻗어 공간을 켜켜이 나누어 한참을 헤집더니 느슨하게 풀어진 검은 실을 꺼냈다. 희붐이 꺅꺅 소리 질렀다.

"선배, 그게 '요동하는 검은 끈'인가요? 물질과 물질이 모여있도록 부드러이 감싸는 끈, 다크 헤일로의 재료!"

"맞아. 그런데 검은 끈이 왜 이리 느슨해졌을까?"

"그……글쎄요?"

"근처에 '그것'이 있기 때문이지. 곧 맞닥뜨리게 될 거야."

"오오, 드디어 알현하나요! 위대한 벽을 밀어낼 수 있는 유일한 힘 덩어리! 일그러진 채 팽창하며 무엇이든 닿기만 하면 흩어트린다는 그것!"

"그러니까 정신 바짝 차려야겠지? 넋 놓고 있다가 그것에게 휘말려 흩어지지 않으려면 말이야. 우주 유영도 못하는 낙제생, 알아들어?"

"에이, 전 걱정 안 해요. 휘말리기 전에 선배가 절 구할 거니까요. 그래서 전 저보다도 선배가 괜찮은 게 더 중요해요. 으히힝!"

그때였다. 희붐의 뒤쪽 공간이 큰 거품처럼 부풀더니 순식간에 수축하며 일그러졌다. 그것! 그것이 희붐을 집어삼킬 듯 빠르게 팽창했다. 비르수는 희붐과 연결해 둔 구호줄을 힘껏 잡아당겼다. 놀란 희붐이 몸부림을 치다 비르수와 쾅, 제대로 부딪혔다. 둘은 엄청난 속도로 핑그르르 돌며 날아갔다.

"아아아악! 선배, 갑자기 왜 날 죽이려고 해요?"

"가만히 좀 있어, 그것이야."

"우왓! 어디, 어디요?"

"신입생! 허우적대지 말고 몸에 힘 빼, 나까지 균형을 못 잡잖아!"

"그런데요 선배, 나 너무 어지러워 기절할 것 같……."

속도를 감당하지 못한 희붐이 축 늘어졌다. 한결 수월해졌네, 비르수는 급히 아까 위치로 왔지

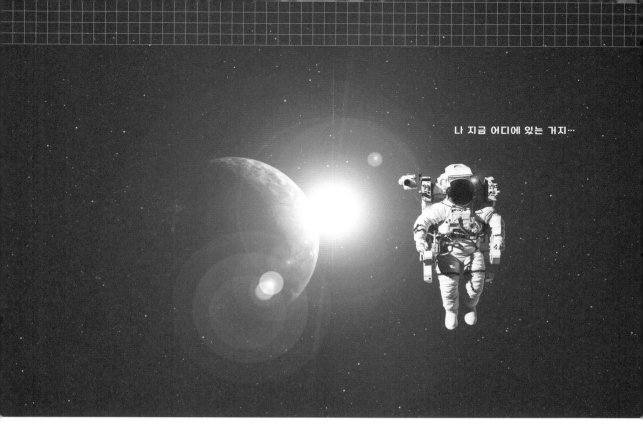

나 지금 어디에 있는 거지…

만 그것은 없었다. 아직 멀리 가진 못했을 거야. 비르수가 **근거리 공간 탐색술**을 펼치려는 순간, 투웅! 등에 둔탁한 충격이 가해지면서 몸의 균형을 잃었다. 기절한 김에 숙면하던 희붐이 날아온 거였다. 희붐은 좋은 꿈을 꾸는지 배시시 웃고 있었다. 비르수는 다시 어금니를 꽉 물었다. 희붐을 등에 업고 너울거리는 구호줄을 끌어당겨 포대기처럼 단단히 묶었다. 움직이기가 둔해서 느릿느릿 눈앞으로 나아갔다.

　한참을 추적했으나 그것의 흔적은 보이지 않았다. 주위엔 더 이상 짙어질 수 없는 어둠뿐이었다. 절대적인 어둠, 위대한 벽의 권역에 들어섰다. 활동복 랜턴을 최대한 밝게 해도 비르수의 손끝까지만 보였다. 어둠이 온몸을 짓뭉개는 것 같았다. 숨이 가빠지고 눈앞이 가물가물했다. 비르수는 유영을 멈추고 우두커니 섰다. 나 지금 어디에 있는 거지.

　비르수와 함께 입학한 학우들도 한 학년 아래 학우들도 다 졸업하여 상급학당에서 본격적인 창세 과정을 수련하고 있다. 저런 얼간이들도 졸업하는데 왜 제가! 비르수는 항의했다. '너처럼 혼자 잘난 놈이 만든 세상엔 너 같은 놈들만 살아남지. 내가 그 뒷수발 들다 이렇게 폭삭 늙었다!' 스승님의 대답이 하도 기가 막혀 그러면 다른 학우들처럼 못나게 굴면 되냐고 소리쳤다. '예끼!' 스승님은 깨달을 때까지 면벽 수련을 하라며 비르수를 우주의 끝 위대한 벽으로 보냈다. 비르수는 이제나 저제나 돌아오라는 전갈만 기다렸는데 기껏 낙제생이 온 거였다. 더는 못 참아, 당장 돌아갈 거야!

비르수는 헬멧 상태창으로 탐사선의 위치를 확인했다. 탐사선까지는 열 호흡 거리, 최고 속도로 날았다. 한 호흡, 두 호흡…… 여덟 호흡까지 오니 탐사선이 보였다. 그런데 왼발이 무언가가 닿으며 엄청난 통증이 느껴졌다.

"아아악!"

비르수는 황급히 위로 솟구쳤다. 발밑에 공간이 살아있는 듯 일렁이며 빠르게 쫓아왔다. 설마, 아까 놓쳤던 그것? 비르수는 재빨리 기이 공간 탐색술을 펼쳤다. 그것은 탐사선 100대를 합친 것보다 더 컸고, 비르수의 유영 속도만큼 빠르게 팽창하며 이동했다. 휘말렸다간 비르수와 희붐은 물론 탐사선까지 부서지고 찌그러져 사라질 게 분명했다. 비르수는 욱씬거리는 왼발을 내려다봤다. 어쩌지?

"우악, 선배! 뒤, 내 뒤에!"

깨어난 희붐이 기겁하여 외쳤다. 비르수는 또다시 위로 솟구쳐 올랐다. 희붐이 또 꽥꽥 비명을 질렀다.

"선배, 너무 빨라요! 나 또 기절해!"

설마, 아까 놓쳤던 그것?

"이번에 기절하면 진짜 버리고 간다."

"히익, 선배 너무 매정해요. 근데 그것이 저렇게 컸어요? 무량급이라지만 너무 큰 거 아닌가요?"

"게다가 팽창 속도도 너무 빨라. 넌 이대로 탐사선 쪽으로 가. 양팔 쭉 뻗고 얼굴은 정면, 최고 속도로 전진해."

"선배는요?"

"저놈을 위대한 벽으로 몰아 두고 갈게. 먼저 출발해."

비르수는 왼쪽 허리에 매고 있던 에너지장 증폭기를 꺼내 그것에게 겨누었다.

"새파랗게 진동하며 동여라, 창진포박(蒼震捕縛)!"

증폭기에서 파란 빛줄기가 쏟아져나와 그물처럼 펼쳐져 그것을 덮쳤다. 하지만 그것의 크기가 너무 컸다. 빛그물로 잡지 못한 부분이 엄청난 속도로 팽창하며 비르수를 덮쳤다. 순간, 희붐의 단호한 목소리가 들렸다.

"삼라만상 일체는 멈추어라, 공간단절(空間斷絶)!"

뒤틀려 일렁이던 공간이 비르수 코앞에서 뚝 멈췄다. 희붐이 연이어 외쳤다.

"부드러이 감싸 숨겨라, 아공간생성(亞空間生成)!"

비르수와 희붐의 주위로 수정처럼 맑은 막이 생겼다. 허, 어떻게 그 순간에 아공간을! 비르수는 놀라 희붐을 돌아봤다. 희붐이 겸연쩍게 웃었다.

"선배가 위험해 보여서요. 제가 괜히 끼어들었나요?"

"아니, 좋았어. 내가 신호하면 곧바로 아공간 열어. 일체완무로 그것의 일부라도 없앤 다음에 다시 벽 쪽으로 몰겠어."

"이러면 어떨까요? 제가 아공간을 위대한 벽 가까이에서 열게요. 거기서 선배가 그것을 유인하면 바로 벽에 부딪힐 것 같은데."

"그럼 좋은데, 할 수 있겠어? 이건 네 아공간이라 난 못 건드려."

"위치만 알려주세요, 저 공간조형술은 꽤 하거든요."

정말이었다. 좀 굼뜨긴 했지만 희붐은 위대한 벽과 그것 사이에서 아공간을 열었다. 그것은 적당히 수축한 채 검은 구름처럼 일렁이고 있었다. 비르수가 빛그물을 펼쳐 그것을 잡아 벽 쪽으로 끌어당겼다. 헌데 그것이 빛그물 사이로 빠져나오려는 듯 순식간에 주먹만 한 크기로 쪼그라들었다.

"어라? 선배, 저거 저대로 사라지나요?"

"우리가 사라지겠지! **접힌 틈을 비집고 열어라, 공간이동(空間移動)!**"

비르수가 희붐의 손을 잡고 다급히 외쳤다. 둘은 그것에서 멀리 떨어진 곳으로 이동했다. 쪼그라든 그것은 폭발하듯 팽창하며 위대한 벽에 부딪혔다. 벽은 파도처럼 출렁이며 멀리, 더 멀리 물러났다. 우주의 끝에서 희뿌연 새 공간이 생겨나는 순간이었다. 장관이네요, 희붐이 나직이 말했다.

비르수는 11학년 마지막 종합평가 때 스승이 던진 질문을 떠올렸다. '너보다 어설퍼 보이는 이를 대하는 태도가 네 참모습이다. 도대체 넌 어떤 창세신이 될 생각이냐?' 비르수는 물끄러미 희붐을 바라봤다. 희붐은 새 공간에서 눈을 떼지 않고 말했다.

"선배, 전 나중에 정식 창세신이 되면 그냥저냥 살아도 되는 세상을 만들고 싶어요. 다들 적당히 일하고 두루두루 어울리면서 좋은 거 보고 맛난 거 먹고 노닥노닥 시시덕대며 사는 그런 터전을 만들려고요. 제가 할 수 있을까요?"

희붐이 사뭇 진지하게 묻자 비르수가 피식 웃었다.

"할 수 있겠냐, 유영도 못 하는 낙제생이."

"으익! 선배, 너무해요."

"나 정도 능력자가 환경 관리와 질서 및 조화 유지 그 밖의 기타 등등에 힘을 보탠다면 모를까."

"정말로요? 선배 진짜로 저랑 같이 창세할 생각이 있어요?"

희붐은 덩실덩실 춤추듯 비르수 주위를 맴돌았다. 비르수는 새로 생긴 공간과 그 너머의 어둠을 바라봤다. 유급생과 낙제생이 만든 우주의 시작은 더없이 아름다웠다.

우주의 시작은 더없이 아름다워.

도대체 넌 어떤 창세신이 될 생각이냐?

그냥저냥 살아도 되는 세상을 만들고 싶어요.
제가 할 수 있을까요?

우주의 미아들

© 최의택

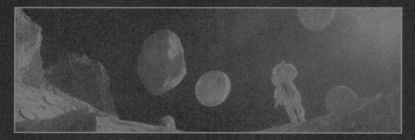

최의택
2019년 제21회 민들레문학상에서 「편지를 쓴다는 것은, 어쩌면」으로 대상을 받았고, 《저의 아내는 좀비입니다》로 예술세계 소설 부문 신인상을 받은 바 있다. 《슈뢰딩거의 아이들》(응모 작품명: 지금, 여기, 우리, 에코)은 제1회 문윤성 SF 문학상 대상을 수상했으며, 2022년 SF 어워드 장편부문 대상을 수상했다.

출발어 감지 중······.

감지 완료.

그래, 다 끝장났어.

나라고 이런 상황을 생각 못 해서 뛰쳐나온 건 아냐. 하지만 그냥 그대로 모선으로 복귀했다간······.

됐어, 이제 와서 지난 일이 다 무슨 소용이야.

그보다는······.

야아! 너 대체 어디 있는 건데!

제발 대답해.

제발.

방금 또 하나의 의미 없는 일을 했어. 내 채집기가 채집한 광물 부스러기를 조금씩 방출하기 시작했거든.

뭐, 확실하진 않지만 내 생각엔 여러 가능성이 있긴 해. 생각해 봐. 모선이 우릴 버리고 줄행랑을 친 이유는 외계에서 무단으로 소행성을 채굴하다 들켰기 때문이야. 아, 너는 그때 이미 통신 외 지역에 있었을 테니까 모르겠구나. 복귀 시간이 다 돼가는데 갑자기 모선에서 긴급 통신이 오더니, 우리 위치가 발각됐다는 거야. 그러고는 애들이 복귀하기가 무섭게 사라져 버렸어. 나는 순간적인 망설임 끝에 그 꼴사나운 모습을 두 눈과 두 더듬이로 똑똑히 봤고 말이야. 별로 공유하고 싶진 않은 광경이었어. 암튼, 그런 상황에서 내가 훔친 금속 부스러기를 끌어안고 떠다니는 게 안전한 일이겠어?

다시 한번 말하지만, 의미 없는 일이란 거 알아. 아마 광물 도둑으로 외계법에 따라 처벌을 받기 전에 이 텅 빈 우주에서 굶어 죽는 쪽이 빠르겠지.

말하고 나서 다시 보는 현창 너머는 정말이지 아득하다. 모선에서 배운 대로라면 어딘가에 커다란 가스 덩어리가 있어야 하는데 내가 볼 수 있는 각도 내에는 아무것도 없어. 말 그대로, 소행성 부스러기조차 없어.

너는 대체 어디 있는 걸까.

너에게는 뭐라도 보였으면 좋겠다.

> **출발어: 시볼디아나어〈Beta〉**
> **도착어: 한국어**

생각이 많아지니까 이상하게 화가 나. 그동안 단 한 번도 그렇게 생각하지 않았던 것들이 모두 어딘가 이상하고 이해가 안 돼서, 막 화가 나.

뭐가 그렇게 화가 나느냐고?

있지, 우리는 채집기를 조종해. 왜냐하면 이런 작은 선체에 탑승할 수 있는 건 우리처럼 어려서 등에 있는 패각이 작고 무른 상태인 게 유리하니까 말이야. 아니면 타고나기를 패각이 약한 경우거나. 그렇다면 우리는 채집을 위해 꼭 필요한 존재인 거잖아. 하지만 대부분의 어른은 그런 우리를, 채집가를 그렇게 중요하게 생각하지 않아. 그저 부스러기를 모을 뿐이고, 아직 어려서 그런 일밖에 못 하고, 아직 어려서 다른 일은 할 수 없고, 아직 어려서, 어려서, 어려서…….

그렇게 어린 우리를 대체 어떻게 이런 우주에 내던질 수가 있는지를 나는 정말 모르겠어.

아직 어릴 뿐인 우리를 어른들이 쏟아낸 곳은 '태양'이라는 촌스러운 명칭의 계 중에서도 보잘것없는 소행성 무리가 떠다니는 소행성대야. 물론 그 보잘것없는 소행성을 채굴하기 위해 이 머나먼 곳까지 온 거지만 말이야. 모선이 커다란 소행성을 채굴하며 흘린 금속을 우리가 탄 채집기로 끌어모으는 건데, 어떻게 보면 우리 역할이 비용 대비 수익률이 가장 높지 않아? 그런 우리는 왜 언제나 부수적인 존재인 것처럼 다뤄지는 거지? 그리고 이렇게 텅 빈 우주에 버려지는 거지?

왜!

그러고 보면 이것도 의미 없기는 마찬가지다. 어차피 너는 듣지 못할 얘기니까.

그렇기 때문에 하는 거기도 해.

나 너무 심심해. 너도 그럴까?

> **출발어 : 시볼디아나어〈Beta〉**
> **도착어 : 한국어**

소행성을 지나쳤어! 그런데 소행성이 지나치는 속도가 너무 빠른 거야. 그동안 절전 모드로 해놓고 신경도 쓰지 않고 있었는데 계기판이 보여주는 채집기 속도가 눈에 띄게 커져 있는 거 있지.

처음에는 거대 물체의 중력장에 들어간 게 아닌가 했어. 그래서 나도 모르는 사이 추락하고 있었던 게 아닐까 했던 거야. 하지만 지금도 현창 바깥은 깜깜하기만 해.

혹시 내가 방출하고 있는 금속 부스러기가 추진력을 내는 거 아닐까 해서 방금 채집기에 방출량이랑 가속도가 관련이 있는지 물어봤어.

만약 관계가 있다면… 하지만 관계가 있다고 뭐가 달라지지?

외계 경찰이 됐든 어른들이 됐든 아무나 내 흔적을 발견했으면 좋겠어.

그리고 너를 만나고 싶어.

보고 싶어.

> **출발어 : 시볼디아나어〈Beta〉**
> **도착어 : 한국어**

아까 이상한 일이 있었어.

전파 같은 게 잡힌 거야. 왜 '같은 거'냐면, 인공적인 신호인 것 같긴 한데, 무슨 내용인지를 알 수가 없거든. 이상하지? 나 같은 광물 도둑을 잡으러 온 경찰이라면 태양계 사전에 등록된 언어를 쓸 테고 그럼 자동으로 번역이 돼야 하는 거잖아. 번역 품질은 둘째치더라도 말이야.

샘플 신호는 계속해서 번역기로 돌려보고 있고, 일단은 좀 더 주류인 언어를 사용해서 회신을 보내봤어.

뒤늦게 이런 무서운 생각이 들어. 저 신호가 네가 탄 채집기에서 망가진 채 나오는 건 아니겠지?
에이, 내가 생각해도 그건 너무 억지스럽다.

… 그치?

> **출발어: 시볼디아나어〈Beta〉**
> **도착어: 한국어**

그럴 줄 알았어! 네 채집기 신호는 아닐 줄 알았다고. … 진짜야.

신호의 정체는 외계인이었어. 신호가 이상했던 이유는 그들이 부러 우리네 말이라고 알고 있는 언어로 보냈기 때문이야. 그 사람들은 우릴 멋대로 달팽이가 어쩌고저쩌고하는 말로 부르면서 성가시게 굴더라. 몇 번이나 이상한 신호를 보내더니, 내가 보낸 신호를 어떻게 처리했는지 점점 그럴듯한 신호를 보내오기 시작했어.

'달팽이, 말이 짧다. 더 길게. 데이터 필요.'

웃기지 않아? 아무튼, 모처럼 혼잣말이 아닌 말을 하는 게 신이 나서 좀 많이… 떠들었어.

'달팽이 님, 고맙습니다. 번역을 위한 최소 말뭉치는 수집되었으니 그렇게 많은 말을 할 필요는 없습니다.'

뭐래, 자기네가 먼저 부탁해 놓고선.

'달팽이 님, 지금 정확히 어떤 상황인가요?'

나는 말했어. 우리 단체가 하는 일과 왜 여기까지 와서 채굴을 해야 했는지 그리고 어쩌다가 우주 미아 신세가 됐는지 등등. 나는 네 얘기도 하지 않을 수 없었어. 알아, 그리 현명한 판단은 아니었다는 걸. 그들이 사실은 우주 해적이기라도 하면? 설령 저들이 법과는 관련이 없는 무서운 자들이래도 지금 내 처지에서 다른 선택권은 없어. 그리고, 이런 소행성대에서 해적이 뭘 하겠어.

그들은 자신들이 뭐 하는 사람들인지를 소개했는데, 솔직히 말해 해적인 편이 차라리 현실적인 느낌이더라.

그들은 자신들이 우주의 평화를 위해 일하는 사람들이라고 했어. 진심인 것 같았어. 자기들을 '벙커 K'라고 소개하고는 대뜸 이렇게 말하는 거야.

　'달팽이 님, 저희는 당신 같은 존재들을 찾아 헤매고 있었습니다. 드디어 만날 수 있게 되었어요. 벙커들의 연대에 합류하시는 것을 진심으로 환영합니다. 벙커의 이름이 어떻게 되시는지요?'

　'예? 벙커요? 저는 그런 거 아닌데요.'

　'그럼 뭐지요?'

　'여태 말씀드렸잖아요. 저는 채굴용 모선에서 떨어져 나온 작은 채집기라고요. 그리고 저 말고도 제 친구가 지금 어딘가에서 떠돌아다니고 있어요. 그 애를 찾아야 해요.'

　길게만 느껴지는 시간이 지나고 답변이 돌아왔어.

　'죄송합니다. 번역이 여전히 매끄럽지 못하군요. 그러니까 '채굴'과 '채집기' 그리고 '미아'가 고유명사가 아닌 거죠? 문자 그대로의 의미인 거죠? 즉, 당신은 외계의 광물을 훔치러 온 도둑놈인 거죠?'

　'말이 좀 심하잖아요!'

　'아, 그렇게 들으셨다면 사과드립니다. 번역이 여전히 완벽하지 않은 것 같습니다. 하지만 대화가 계속된다면 자연스럽게 해결될 문제입니다. 진짜 중요한 문제는 따로 있죠.'

　'맞아요, 진짜 문제는 저랑 제 친구가 우주 미아가 됐다는 거예요!'

　'아, 그걸 이야기한 것은 아니지만, 그것도 중요한 문제일 수는 있겠지요. 이해합니다.'

　나는 슬슬 불안해졌어. 우주에 버려진 오래된 우주선의 인공지능과 대화를 하고 있는 건 아닌가 싶었거든.

　'혹시 제가 보내는 신호와 유사한 신호를 수신하지는 않았나요?'

'아니요. 하지만 저희는 다양하고 풍부한 신호의 바다를 항해하고 있습니다. 친구 분의 신호도 있을 가능성이 없지 않아 있을 수도 있겠죠.'

'모른다는 거죠?'

'그렇게 생각하는 것도 무리는 아닙니다만 그리 권장되는 흐름은 아닙니다.'

'저 심각해요.'

'저희도 그렇습니다. 우주는 텅텅 비어 가고 있습니다. 앞만 보고 달리는 폭주 기관차 같은 사람들로 인해 우리가 사는 행성들은 소멸해 가고 있어요.'

나는 할 말을 잃었어. 우리가 광물을 채굴하러 우주를 방랑하는 이유가 바로 그 때문이 아니겠어? 우리가 태어나기도 한참 전에 우리 조상들은 몸을 의지할 대지를 망치고 훼손했어. 그러고는 우주선을 타고 떠나온 거지. 우리에게는 대지를 경험할 기회조차 주지 않은 거야.

그리고 그런 억울한 상황에 놓인 게 우리만이 아니래. 그걸 반가워해야 할까?

'달팽이 님, 점점 더 많은 벙커들이 소멸 신호를 보내오고 있습니다. 우주가 완전히 비어버리기 전에 멈춰 세워야 합니다. 저희와 함께 우주의 평화를 위해 움직이시겠습니까?'

'하지만 제 친구는요?'

'아, 미처 알려드리지 못한 것이 있군요. 저희 우주평화를위한평화벙커연대에 합류하시면 벙커 네트워크를 사용할 수 있는 권리가 주어집니다. 보다 확장된 영역을 통해 친구분의 신호를 찾아 낼 수 있을 것으로 기대됩니다. 저희가 달팽이 님을 찾아 낸 것처럼 말이지요.'

'정말요?'

'물론입니다. 의례적인 훈련 과정을 거쳐야 하기는 하지만, 당신이라면 거뜬히 소화할 수 있을 겁니다. 저희 우주평화를위한평화벙커연대와 함께하시겠습니까? 아, 이건 여담인데요, 간혹 우주평화를위한평화벙커연대를 우주평평대라고 줄여 부르는 경우가 있는데, 그것만은 지양해 달라는 목소리가 적지 않으니 참고해 주시면 감사하겠습니다.'

그런 게 대수겠어. 나는 연대와 함께하기로 했어. 그리고 벙커 K의 유도 신호를 따라 날아가는 중이야. 위험한 게 아니냐고 너는 걱정하겠지만, 애초에 그런 걱정을 할 것 같았으면 널 찾기 위해 모선에서 돌아서지도 않았을 거야.

나는 너를 찾을 거고, 너와 함께 또 다른 우주 미아들을 찾을 거야. 그리고 더는 우주 미아가 생기지 않도록 연대와 함께할 거야.

그러니까 기다려!

보이저'의 편지

© 김병호

나는 외롭지 않아, 외롭지 않아 나는
고향을 떠난 지 사십칠 년, 지구에서 이백사십억 킬로미터
멀리서 꼼짝 않는 작은 빛의 점들 말고는
어떤 소리도, 움직이는 시간도, 먼지 같은 기척 하나 없는 시커먼 공간
그 한가운데 덩그러니 나 혼자
그래도 나는 외롭지 않아, 외롭지 않아 나는

반짝이는 태양 주위에 옹기종기 모여 있는 행성들
지구를 떠나 화성, 목성, 토성, 천왕성, 해왕성 모두
내가 스치듯 쓰다듬으며 지나온 식구들
이제 모두 가물가물 흐릿하게 멀어졌지만
나는 돌아갈 수 없어, 나는 돌아가지 않아

내가 가야 할 곳, 저기 암흑 건너 먼 어둠의 공간
삼백 년만 더 가면 나는 오르트구름을 벗어나 이제 태양과도 영원히 이별이야
태양에서 제일 가까운 또 다른 태양 센타우리까지
빛은 사 년이면 가는 거리, 내게는 일만 칠천 년이 필요해
내가 향하는 곳은 어둠너머 영원이라는 시간

그전에 내 몸은 차갑게 식고 나는 정신을 잃겠지
분명히 정신을 잃겠지 그래도 나는 죽지 않아
기억이 없어도 나는 나아갈 거야

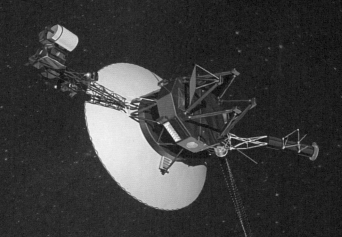

내가 지금 말을 하면, 먼 지구에 인사를 건네면

전파로 날아가는데 꼬박 하루, 또 누군가 건네는 대답도

내게 오는데 꼬박 하루, 한 번의 인사도 이틀이 필요한 거리

그마저도 작은 목소리, 아주 멀리서 들리는 그 한마디는

내 안에서 꺼져가는 원자력 전지보다 더 따뜻한 위안이야, 큰 에너지야

오래전 나는 뒤돌아본 적이 있어

고개를 돌려 내가 떠나온 지구를 눈으로 바라본 적이 있어

토성의 띠에 가려 가늘게 깜박이던 작은 점

창백하게 흔들리던 파란 점[2]

그 점이 내가 태어난 곳이고 내가 떠난 고향이고

너희가 지금 살고 있는 작은 점이면서 모두가 한때 살았던 행성이야

그리고 또 다른 모두가 살아가야 할 작은 점이야

나는 딱 한 번 돌아보았어

이제 돌아볼 수도 돌아갈 수도 없는 작은 점

1 1977년 지구에서 발사되어 태양계를 벗어난 보이저 1호
2 칼 세이건의 책《Pale blue dot》

몇 년 안에 나는 잠들 거야, 그러나 죽지는 않아

그리고 깨어날 거야, 누군가 나를 발견한다면

우리는 우리 우주 안에서 또 다른 식구를 만나는 거야

내 안에는 지구에 살던 사람들의 목소리가 들어있어

내 고향 지구가 어디에 있는지, 사람들은 어떻게 생겼는지, 그리고

지구의 모든 말로 전하는 인사가 실려있어

누군가 나를 깨운다면

이 차가운 우주 안에 또 다른 생명을 만나

서로에게 첫인사를 하는 거야

그래서 나는 외롭지 않아

내가 긴 시간을 날아왔지만

우리은하 안에서는 먼 골목에 흘리고 온 작은 손톱만큼도 움직이지 못한 거야

우리 우주 안에는 그런 은하가 천억 개 더 있어

나가야 할 길은 너무 멀어 나가야 할 공간은 너무 깊어

그래도 나는 외롭지 않아, 외롭지 않아 나는

김병호
1998년 〈작가세계〉 시 부문 신인상 수상. 작품으로 시집《몸으로 부르는 연가》,
《밍글맹글》, 《포이톨로기》, 《과속방지턱을 베고 눕다》, SF 장편소설《폴픽-Polar
Fix Project》, 과학에세이《과학인문학》, 산문《초능력 시인》 등이 있다.
《폴픽-Polar Fix Project》으로 2017년 SF 어워드 장편부문 우수상을 수상했다.

피의 쇠망사

ⓒ 김병호

두 종족의 멸망에 관한 한 가장 신비로운 역사를 가진 생태계로는 태양계의 숨은 행성 주빨리오의 것을 예로 들 수 있으니, 이곳에는 하루 대부분의 시간을 아주 높은 혈중 포도당 수치를 유지해야 생명을 유지하는 주리오족이 있었으며 그래서 그들은, 먼 고대로부터 깊은 용암에서 새어 나온 고압 포도당가스가 석탄에 흡착되어 두 개의 지질시대를 보내고는 탄산 가득한 물에 녹아 스스로 고농도 설탕음료가 되어 흐르는 당드레 강가에 살면서 하루의 절반은 강물을 퍼마시고 나머지 절반은 강변에 떨어진 낙엽과 뒹굴며 완전한 설탕 식품 '탕호러'를 상상하는 평화로운 시절을 보냈으나, 어느 날 지구의 모기와 비슷한 흡혈생명 빨으소들이 오랜 본능에 따라 온혈동물이 내뿜는 적외선을 추적하면서 드디어 주리오족과 마주쳤다. 강변에 늘어진 그들의 피를 빠는 일은 강변에 늘어져 잠자는 일보다 쉬웠으니 그렇게 으레 식사를 즐기는 일이었는데, 그러나 이게 웬일인가? 그저 피를 빨았을 뿐인데 완전한 단맛까지 느끼는 일에 빨으소들은 감격하였고, 이런 신천지에 대한 소문은 설사의 전율보다 치명적이고 페로몬의 유혹보다 즉각적이면서 친구 뒷담화보다 빨리 퍼져 수많은 빨으소들이 몰려들었고 당연하게도 존재에 위협을 느낀 주리오들이 분연히 일어나 한 톨의 대화 없이 전쟁에 돌입했으니 방법은 이러했다. 그 첫 번째 전략은 설탕에 뿌리내린 식물에서 나오는 치명적인 독극물을 먹어 자신의 혈액에 독극물을 퍼뜨리고는 빨으소들을 맞는 것으로, 관습적으로 영양분과 함께 단맛을 기대했던 빨으소들에게 뜻밖의 죽음을 선물하였다. 두 번째 방법은 더 잔인한 것이니 독극물 대신 비술로 전해지는 혈액응고제를 잔뜩 먹는 것인데, 그러면 빨으소들이 주리오의 피부에 빨대를 꽂자마자 굳어버린 혈액 때문에 빼지 못하는 현상이 일어나, 굳어버린 콘크리트에 담근 발을 빼지 못하는 악당과 같은 경우라 할 수 있기에, 빨대를 빼지 못한 빨으소들은 자신의 본능을 후회하며 매달린 채 굶어 죽어갔다. 개중 예술을 아는 주리오들은 자신의 혈액을 모두 빼 다른 곳에 보관해두고는 빨으소들을 기다림에, 달려든 그들은 온혈동물의 빈 혈관에서 세계의 허망을 맛보았으니, 그 결과 'To be or not to be!'를 고민하는 빨으소들 중 적지 않은 수가 스스로 생을 마감하기도 하였다. 이것이 기록으로 전하는 두 종족의 신비로운 쇠망사이다.

그림책 《수박맨》은 어떻게 탄생하였나?

수박맨

탄생 비화

글, 그림 : 하누

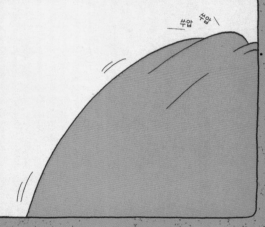

내가 지구에 오게 된 얘기를 했던가?
아마 5000년 전쯤이었을 거야.
난 크립톤 행성에서 태어났어.

쓰압 쓰압

그는 내게 부모와도 같았어.
세상 밖으로 내보내 주었으니까.

추릅~
쓰압 쓰압~

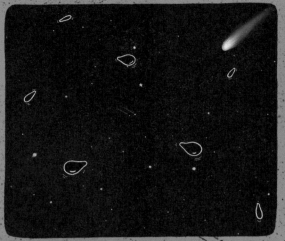

오마이갓!

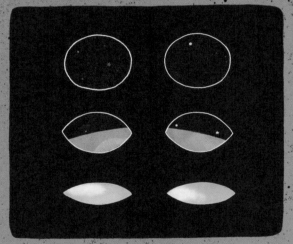

나는 클립톤 행성의 힘과
운석의 힘을 간직한 채
그렇게 지구에 오게 되었어.

그리고 한동안 깊이 잠들었지.

그러던 어느 날...

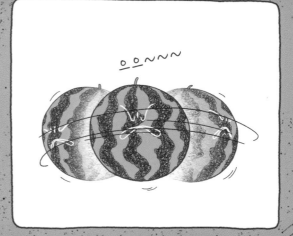

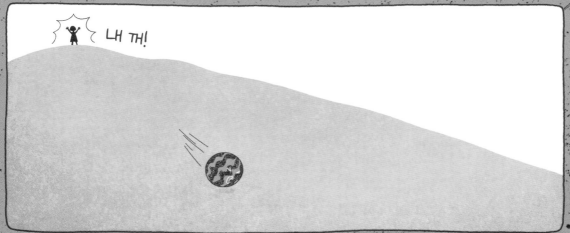

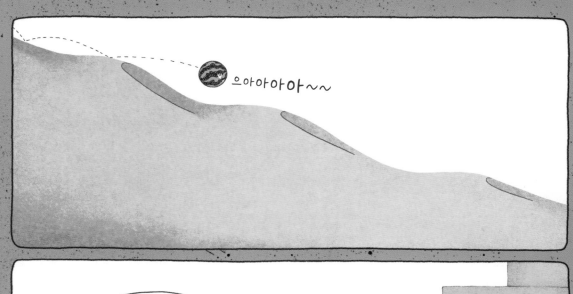

으아아아아~~

이 기억은 무엇?
나는… 우주에 있었어!
나는… 하늘을 날 수 있어!

쿵!

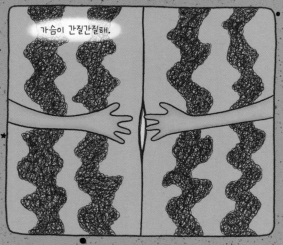

가슴이 간질간질해.

반갑다!
친구들아!

이렇게 나는 지구에 오게 되었고,
너희들의 친구가 되었지.

기회가 된다면
지구에서 있었던 또 다른 이야기,
우주에서 겪었던 이야기들을 들려줄게.
그럼, 안녕!

— W —

하누
그림책을 만들며 나를 발견하고, 앞으로도 누군가가 자신을 발견하는, 그리고 응원이
되는 그림책을 만들어 가려 한다. 작품으로 《돌꽃씨》, 《수박맨》이 있다.

딴곳의 아이들 ②

ⓒ 고호관

고호관
제9회 SF 어워드 대상 수상 작가(중단편 부문)로 현재는 수학과 과학을 주제로 저술하고 있으며, SF 소설 집필과 함께 번역가로도 활발히 활동하고 있다. 지은 책으로 《누가 수학 좀 대신해 줬으면!》, 《30세기 소년소녀》, 《술술 읽는 물리 소설책 1~ 2》, 《하늘은 무섭지 않아》, 《우주로 가는 문 달》 등이 있다.

'뭐, 가게 청소에는 이골이 났으니까.'

내가 지아를 데려오자 데일이 느물거리는 웃음을 지으며 비행 슈트 두 벌을 내주었다. 나는 지아와 함께 비행 슈트를 입고 자석 부츠를 꼈다. 몸이 둥실 떠올랐다.

데일이 작동 방법을 설명해주려고 다가왔지만, 내가 간곡한 눈빛으로 그러지 말라는 신호를 보냈다. 내가 잘 보일 기회를 빼앗지 말라고!

"자, 여기를 이렇게 누르면….."

데일을 물리친 내가 작동 방법을 설명해주려고 하는데, 지아가 몸을 붕 띄우더니 저만치 휙 날아갔다.

"앗! 조심….."

깜짝 놀라서 지아를 붙잡으려고 했지만, 그건 괜한 걱정이었다. 지아는 마치 물 만난 고기처럼 능숙하게 비행 슈트를 조종하며, 날아가 버렸다. 나는 서둘러 따라갔다.

먼저 간 지아는 한쪽 벽에 새겨져 있는 부조를 유심히 들여다보고 있었다.

"이런 거 좋아해?"

"아, 아니 그냥. 신기해서."

"그렇긴 하지?"

나는 뭔가 아는 척을 하고 싶었지만, 슬프게도 정말 아는 게 없었다. 이 외계 조각과 부조는 생긴 걸로 봐서는 도무지 뭔지 알 수가 없었다. 외계인의 모습인 건지 물건인 건지 외계 동물인 건지 추상 예술품인 건지….

'알게 뭐람.'

나는 재미있는 이야깃거리를 찾아서 머리를 굴렸지만, 지아는 아랑곳없이 이리저리 돌아다니며 구경했다. 나는 쫓아다니기 바빴다.

"와, 너 잘 날아다닌다. 무중력 경험이 많나 봐."

간신히 따라잡은 내가 말하자 지아는 순간 얼굴을 살짝 붉혔다.

"아, 그, 그래? 몇 번 해본 적이 있기는 한데….."

"무중력을 좋아하는 거야? 난 사실 발이 땅에 붙어 있는 게 좋아서 무중력 공간에는 잘 안 놀러가거든. 중력이 있어야 스릴 있는 일이 일어나곤 하지."

마지막은 뭔가 있어 보이려고 덧붙인 말이지만, 지아는 별다른 느낌을 받지 못한 모양이었다. 어느새 흥미를 잃은 듯 지아는 다른 데로 가자고 말했다.

"그럴까? 아까 그 공원으로 갈까?"

나는 들떠서 말했다. 하지만 내 기대와 달리 지아가 가고 싶어한 곳은 대성당에 딸린 박물관이었다. 박물관이라니! 학교에서 단체로 가는 것만으로 충분하지 않단 말이야?

지아가 말한 박물관은 대성당 옆에 놓인 작은 전시관이었다. 크기도 작고, 대단한 유물도 없었다. 중요해 보이는 유물은 이미 학자들이 가져가 번화한 행성에 있는 대형 박물관에 전시해 놓았다. 그곳은 그냥 구색을 갖추려고 남은 유물을 모아 놓은 수준이라 관광객에게도 딱히 인기가 없었다.

김이 샜지만, 어쩔 수 없었다. 우리는 비행 슈트를 반납하고, 대성당을 나왔다. 슈트를 반납할 때 데일이 나를 향해 윙크했지만, 나는 시무룩한 표정으로 외면했다.

박물관 입구는 역시나 한산했다. 심지어 무료라 공짜로 들어갈 수 있는데도 말이다. 우리는 심드렁한 표정의 안내원을 지나쳐 입장했다.

지아는 정말 박물관에 관심이 많은 듯했다. 들어갈 때부터 긴장한 듯이 숨을 몰아쉬더니 시종일관 진지한 표정을 짓고 구경했다. 호기심 어린 눈으로 이곳저곳을 얼마나 뚫어져라 구경하고 사진을 찍어대는지 옆에서 말을 걸기도 어려웠다. 그러는 동안 시간은 하염없이 흘러갔다.

결국 나는 그날 계획을 모두 망치고 말았다.

박물관을 나왔을 때는 이미 저녁 시간이 거의 되어 있었다. 나도 너무 늦기 전에는 집으로 돌아가야 했다. 그래도 뭔가 아쉬웠다.

"아, 배고프다."

지아가 나지막하게 중얼거리는 소리에 나는 재빨리 반응했다.

"그래? 우리 뭐 먹고 갈까? 식당 골목에 가면 종류가 많아. 츄로스? 타코? 그런 거 좋아해? 케밥도 있고."

지아는 난감하다는 표정을 지었다.

"어, 그런데 나는…."

"그러지 말고 가자. 내가 안내해 줄게. 여기 왔으면 과거 지구의 별미를 하나씩은 먹어
봐야지."

나는 지아가 거절할 틈을 주지 않고 앞장섰다. 지아는 머뭇거리다가 나를 따라왔다.

식당 골목은 우리 가게 근처에 있었다. 입구부터 사람이 버글거렸다. 여기저기서 풍기
는 군침 도는 냄새가 코를 자극했다. 지아도 평소에 먹어보지 못했던 다양한 음식에 고개
가 이리저리 돌아갔다. 그도 그럴 것이 여기에서는 19~21세기에 지구에 존재했던 다양한
문화권의 음식을 볼 수 있었다. 평소에 우주선 생활을 많이 했다면, 이런 음식의 향연에
정신을 못 차릴 게 뻔했다.

나는 신중하게 내 용돈이 얼마나 남아있는지를 계산하며 슬슬 발걸음을 옮겼다.

"뭘 좋아해?"

내가 물었다.

"글쎄, 처음 보는 게 많네."

지아는 먹어보고 싶은 게 너무 많아서 갈팡질팡하는 표정이었다. 나는 속으로 쾌재를
불렀다.

"우리 먼저 간단하게…."

내가 꼬치구이를 파는 가게를 보고 그쪽으로 지아를 이끌려는 순간 누군가 내 이름을
크게 외쳤다.

"야! 진!"

돌아보니, 아니 돌아볼 것도 없이 누군지는 알 수 있었다. 오하라와 팀, 그리고 바오였
다. 요즘 가장 친하게 지내는 친구들이 능글맞은 표정을
지으며 바라보고 있었다. 낭패였다.

오하라가 앞장서서 내게 다가왔다.

"오호라, 바빠서 우리랑 놀 시간이 없다더니 정말 바쁘
구나?"

난 애서 태연한 표정을 지으며 대꾸했다.

"음, 음식업계 종사자로서 시장 조사 중이야."

"아항? 그러면 옆에 있는 건…?"

바오가 팔짱을 끼며 물었다.

"어, 그게…, 고객 선호도 조사 때문에 특별히…."

시야 한 편에서 지아가 당황스러운 얼굴로 슬금슬금 물러나는 게 보였다. 나는 눈을 질끈 감고 있는 그대로 털어놓았다.

"그래. 얘랑 놀려고 바쁘다고 했다. 여기 처음 왔다고 해서 내가 구경시켜 주려고 했지! 새 친구 좀 사귀면 안 되냐? 난 뭐 맨날 너희들하고만 놀아야 하냐?"

그러자 오하라가 눈을 가늘게 뜨며 말했다.

"누가 뭐래? 누가 뭐랄 것도 아닌데 왜 거짓말까지 했을까나?"

"새 친구를 사귀는 거라면 우리도 같이 놀아도 되겠지?"

내가 친구들에게 둘러싸여 곤란한 상황이 되자 지아가 난감한 표정을 지으며 입을 열었다.

"저, 저기 나는 이만…."

"아니야. 좀만 기다려. 저거 되게 맛있는…."

"아니, 괜찮아. 친구들하고 놀아."

지아는 어색하게 손을 흔들며 멀어져갔다. 결국 나는 체념하고 말았다.

그때 오하라가 앞으로 나서며 대뜸 지아의 손을 잡았다.

"아니야. 진이가 맛있는 거 사준다니까 먹고 가."

평소에는 각자 고향에 살다가 휴가철만 되면 모여드는 아이들이다 보니 웬만하면 다들 사교성이 좋았다. 보통 관광객을 상대로 장사하는 부모님 곁에서 지내다 보니 넉살이 좋아진 탓도 있었다. 그중에서도 오하라는 유독 뛰어났다. 지금 우리 무리가 친하게 지내게 된 것도 오하라가 시작이었다. 나는 은근히 기대했다.

오하라가 사근사근하게 말을 걸자 지아는 선뜻 거절하지 못했다. 거기다가 내 간절한 눈빛까지 통했던 걸까? 지아가 마침내 고개를 끄덕였다.

'휴우~.'

나는 속으로 안도의 한숨을 내쉬었다.

"돈은 진이가 낼 거야."

오하라가 나를 향해 웃으며 말했다.

'윽.'

어쩔 수 없이 나는 비행 슈트 빌릴 때도 쓰지 않고 아껴 놓았던 돈까지 털어야 했다.

하지만 보람은 있었다. 혼자 있을 때보다 다른 친구들이 함께 있자 분위기는 훨씬 더 쉽게 화기애애해졌다. 나에게는 하지 않던 개인적인 이야기도 약간은 털어놓았다.

"넌 어느 행성에서 왔어? 놀러 온 거야? 아니, 그러면 가족하고 같이 다녔겠지. 부모님이 일하러 오셨나 보구나?"

"으, 응. 부모님은 일하시느라 바빠서 낮엔 혼자 있어야 해."

"잘됐네. 우리랑 놀면 되잖아."

역시나 가장 활발한 오하라가 이것저것 물어보며 대화를 이끌었다. 우리는 꼬치구이와 떡볶이, 와플, 감자튀김 따위를 먹어 치운 뒤 한 주스 집에 앉아서 수다를 떨었다. 돈은 전부 내가 냈다. 크흑.

"그런데 고향이 어디야?"

먹성이 가장 좋은 바오가 큼지막한 주스를 빨며 물었다.

"어, 난 사실 고향이랄 게 없어."

"없다고?"

"난 우주선에서 태어났거든. 부모님이 항상 여기저기 돌아다니는 일을 하셔서….."

"아항, 무역일 같은 거 하셨구나."

"그렇지. 무역. 돌아다니면서 물건 사고팔고 그래. 우주선에는 내 또래가 별로 없어서 사실 난 너희들 같은 또래와 이야기하는 게 익숙하지 않아. 공부는 홈스쿨링으로 해야 했고, 공부보다는 부모님 하시는 일을 배우는 게 더 많아. 아마 나도 크면 그 일을 해야 할 것 같아."

대강 듣고 보니 퍼스널패드도 없는 게 이해가 갔다. 사람이 우주 곳곳에 퍼져 살게 된 뒤로는 삶의 방식이 훨씬 더 다양해졌으니. 어떤 사람은 오지 행성에서 원시인처럼 살기도 하고, 어떤 사람은 지아처럼 평생 우주선을 집으로 살기도 한다고 들었다.

"그럼 여기도 얼마 안 있겠네?"

팀이 물었다.

"응. 한 일이 주일 정도?"

나는 속으로 실망했다. 얼마 뒤면 볼 수 없게 된다니! 얼굴에 감정을 드러내지 않으려고 애쓰면서 조심스럽게 물었다.

"다음에는 언제 오는데?"

"글쎄. 잘 모르겠어. 내가 정하는 게 아니라서."

지아가 어두운 표정을 지으며 대답했다.

"하아, 그러면 다음에 언제 볼지 모르겠구나."

그냥 하는 말이 아니라 정말 그랬다. 다시 만날 수 있다고 해도 만약 그동안 지아가 시간이 다르게 흐르는 곳에 머물다 온다면, 다음에 만났을 때는 서로 나이가 다를 수도 있었다. 지아가 시간이 빠르게 흐르는 곳에 한참 있다 돌아오면 나보다 훨씬 나이를 먹었을 테고, 반대로 내가 어른이 된 뒤에 여전히 아이의 모습으로 돌아올 수도 있었다.

내가 그런 이야기를 하자 분위기가 갑자기 가라앉았다. 나뿐만 아니라 다들 비슷한 경험이 한두 번은 있었던 것이다.

"기회가 되면 드림랜드에도 한 번 와. 난 학교 다닐 때는 거기서 살거든. 거긴 내가 구경시켜 줄게."

다들 조용해지자 오하라가 밝게 웃으며 입을 열었다. 역시 오하라에게는 처지는 기분을 끌어올려주는 재주가 있었다.

"그러면 과거로 가는 거네? 크크."

바오가 중얼거렸다. 우리끼리 흔히 하는 그 농담이었다.

"웜홀로 갈 수 있는 드림랜드는 여기보다 50년 정도 과거에 있거든. 그 얘길 하는 거야."

오하라가 덧붙여 설명했다. 지아도 익숙한 이야기라는 듯 고개를 살짝 주억거렸다.

"지금 이 순간의 드림랜드에서 할머니 오하라가 있겠지. 뻔히 아는 사실이긴 한데 말할 때마다 신기하긴 하다."

바오가 텅 빈 주스 잔 아래에 묻는 마지막 주스까지 빨아들이며 말했다. 바오는 나와 같이 지구 스테이션에 영구 거주하는 친구였다.

"뭐, 나도 그렇긴 해. 지금 드림랜드에 50살 더 먹은 내가 있다고 생각하면 이상하지. 지금 나와 늙은 내가 만날 일은 없지만 말이야."

"그렇게 치면 나는 아직 태어나지도 않았다고. 여기서 내가 제일 젊어. 후후."

팀이 평소처럼 으스대며 말했다.

"젊긴 뭐가 젊어? 어린 거지. 새파랗게 어린 것이 우리와 맞먹으려 하다니 버르장머리가 없구나!"

역시나 평소처럼 오하라가 맞받아쳤고 우리는 그렇게 티격태격하며 놀았다. 시간이 흐르자 지아도 어느 정도 마음이 열린 것처럼 잘 웃기 시작했다. 그래도 여전히 말하기보다는 듣는 쪽이었다.

"넌 계속 돌아다니면서 살았으니까 신기한 걸 많이 봤겠네? 어디가 제일 재미있어? 위험한 데도 가봤어? 블랙홀도 실제로 본 적 있어?"

결국 내가 물었다. 지아에 관해 궁금하기도 했고, 우주선 안에서만 사는 삶도 궁금했다.

"그럼. 여기저기 가봤지. 블랙홀은 못 봤지만, 땅이 없이 온통 물로만 덮인 행성도 봤고, 방사선 폭발 때문에 우주선이 고장 나서 죽을 뻔한 적도 있었어."

지아가 대답했다.

"오오오! 우주대탐험인데! 나도 그렇게 돌아다녀보고 싶다."

팀이 감탄했다. 팀은 항상 모험을 꿈꾸는 아이로, 어른이 되면 지구 스테이션을 떠날 거라고 입버릇처럼 말하고 다녔다.

"해적도 만난 적 있어? 혹시 막 싸워보고 그런 거 아니야? 물론 네가 직접 싸우진 않았겠지만 말이야. 하하."

팀이 막 총을 쏘는 시늉을 하며 물었다. 팀이 너무 흥분해서 과격하게 해적과 싸우듯이 움직이자 지아는 당황했다.

"해적? 그, 그런 건⋯."

지아의 얼굴이 눈에 띄게 붉어지며 말을 더듬거렸다. 오하라가 뭔가 눈치챈 듯이 팀을 붙잡아 말렸다.

"얘, 또 흥분했어. 그만 좀 해. 아니면 지금 여기 잠입했다는 해적이나 잡으러 가든가."

"지금 내가 해적을 어떻게 잡냐? 물론 현상금을 받으면 좋겠지만. 나중에 어른이 되면 그렇게 하겠다는 거지."

"나중에는 모험을 하든 해적을 하든 알아서 하라고. 네가 너희 동네에서 해적이 된다 해도 나는 그때쯤 늙어죽었을 거니까 내 알 바는 아니야."

그렇게 둘은 또 티격태격했다.

지아는 다시 조용히 있더니 문득 뭔가 생각난 듯 가야겠다고 일어섰다. 내가 황급히 말했다.

"저, 내일 또 놀 수 있을까? 어차피 너도 여기 아는 사람이 없고 하니까 말이야…."

"그래. 내일도 진이가 먹을 거 사줄 거야."

바오도 거들었다. 나한테 얻어먹으려고 그런 건지는 모르겠지만….

하지만 지아는 고개를 저었다.

"미안. 부모님 일을 도와야 해서…."

그렇게 말하니 더 붙잡을 수가 없었다. 결국 지아는 작별 인사를 하고 떠났다. 나는 시무룩해졌다.

"너 왜 해적 같은 얘기를 한 거야!"

갑자기 오하라가 팀에게 화를 버럭 냈다.

"왜? 하면 안 돼?"

"네가 해적 얘기를 꺼내니까 아까 걔 표정이 확 안 좋아졌잖아."

"표정이 왜? 해적인가?"

"말도 안 되는 소릴 하고 있어! 내가 보니까 해적에게 당한 트라우마가 있는 것 같아. 어쩌면 가족이나 중요한 사람을 잃었을지도 몰라. 너는 그런 눈치도 없냐? 어려서 그런가 공감 능력이 없어~"

오하라가 뭔가 깊은 비밀을 알아냈다는 듯이 말했다. 역시 오하라가 그런 미묘한 심리를 읽는 데는 뛰어났다. 나는 속으로 무릎을 탁 쳤다.

'아하, 평생 우주선에서 살았으면 해적에게 당한 적이 있을 수 있겠구나. 그것도 모르고.'

팀도 아차 싶은 모양이었다.

"그, 그런가? 진짜 해적한테 가족을 잃었으면 어떡하지? 그런데 그게 어린 거랑 무슨 상관이야? 아니, 애초에 어리지도 않잖아!"

팀이 볼멘 소리로 중얼거렸다.

결국 그날의 이벤트는 그렇게 끝이 나고 말았다. 저녁이 되자 다들 일어섰고, 나도 허탈한 심정으로 집을 향해 터덜터덜 걸어갔다.

'아유, 이게 무슨 짓이람.'

다음 날 나는 약속대로 데일이 일하는 가게에 청소를 도와주러 갔다. 얻는 것 없이 일만 떠맡았다는 생각에 기분이 좋지 않았다. 하필이면 그날따라 청소할 거리도 많았다. 데일은 내게 청소를 맡겨 놓고 자기는 여자친구와 놀러 가 버렸다.

"진이야, 수고해~."

나는 시무룩한 표정으로 두 사람을 배웅했다.

다음 날에도 나는 청소하러 갔다. 이틀을 하기로 했으니 약속은 지켜야 했다. 그날은 데일도 약속이 없었는지 시무룩한 표정으로 대걸레질을 하는 내 옆에서 퍼스널패드로 노닥거렸다.

'그럴 거면 청소나 같이 하지.'

데일은 뭐가 신이 났는지 콧노래까지 흥얼거렸다. 그러다가 문득 생각난 듯 내게 물었다.

"야, 그 여자애하고는 잘 됐어?"

나는 눈을 흘겨보고는 묵묵히 대걸레질만 했다.

"왜? 잘 안됐나 보네? 괜찮아 보였는데."

"아, 몰라."

"역시 그렇구나. 어쩐지 어제 저녁에 혼자 있더라니…."

그 말에 나는 귀가 번쩍 띄었다.

"누가? 지아가?"

데일 형은 그럴 줄 알았다는 듯이 웃었다.

"걔 이름이 지아인가 보지? 어제 저녁에 먹거리 골목에서 봤어. 먹을 걸 잔뜩 사가더라고."

"그래?"

나는 관심 없는 듯 시큰둥하게 대답했지만, 심장은 두근거리기 시작했다.

'우리랑 먹은 게 맛있었나? 혹시 거기서 또 볼 수 있으려나?'

그 뒤부터는 청소를 하는 둥 마는 둥 하고는 집으로 돌아갔다. 머릿속에서는 새로운 계획이 돌아가기 시작했다.

새로운 계획이라고 해봐야 대단할 건 없었다. 나는 저녁 시간에 맞춰 슬그머니 식당가로 향했다. 그곳에서 어슬렁거리며 혹시 지아가 나타나기를 기다려볼 생각이었다.

거리에서 풍기는 각양각색의 음식 냄새가 나를 유혹했지만, 나는 꾹 참았다. 참을 수밖에 없었다. 그저께 가진 돈을 거의 다 써 버렸던 것이다.

'아흐, 배고파.'

지아는 한참 동안 나타나지 않았고, 나는 하염없이 서성이고 있었다.

그때 눈앞에 꼬치구이를 들고 길을 걷는 오하라와 팀, 바오가 보였다.

"어? 너희들 여기서 뭐해?"

내가 물었다.

"여기 오면 네가 있을 거라고 데일이 그러더라?"

바오가 꼬치를 우물거리며 말했다. 데일은 항상 얄밉기 짝이 없었다. 내가 머뭇거리며 둘러댈 말을 찾는 사이에 팀이 어딘가를 가리키며 외쳤다.

"어? 지아다!"

고개를 돌려보니 인파 속에서 걸어가는 지아의 모습이 보였다. 양손에는 포장 음식을 잔뜩 들고 있었다.

'아무리 맛있어도 저걸 다 먹으려는 거야?'

그러다가 지아가 부모님의 심부름을 하는 걸지도 모른다는 생각이 들었다. 일하느라 바쁜 부모님 대신에 매일 저녁거리를 사들고 가는 것일 수도 있었다.

어쨌든 이 기회를 놓칠 수는 없었….

"지아야!"

오하라가 큰 소리로 외치고는 손을 흔들며 지아를 향해 달려갔다.

내가 멍하니 바라보고 있는 사이에 오하라는 지아와 이야기를 나누었다. 오하라의 손짓에 지아는 이쪽을 쳐다보기도 하고 고개를 저었다가 끄덕이기도 했다.

'도대체 무슨 이야기를 하는 걸까?'

얼마 후 오하라가 지아에게 손을 흔들어 보이고는 잽싸게 돌아왔다.

"무슨 얘기를 한 거야?"

내가 황급히 물었다.

"응. 내일 만나서 놀기로 했어."

오하라는 태연하게 대답했다.

"내일? 논다고?"

"그래. 넌 시간 안 돼? 안 되면 할 수 없고."

"난 돼."

"나도."

팀과 바오가 거의 동시에 말했다.

"나, 나도 되지. 당연히."

나도 질세라 재빨리 대답했다. 뜻밖의 진행에 가슴이 두근거렸다. 정말? 이렇게 간단하게 되는 건가? 어떻게 설득한 거지? 오하라의 저런 능력이 나한테 있었어야 하는 건데.

(다음 호에 계속)

글, 그림 : 절자

정말 뭣같구만…
사는 게 뭐 매일매일 지겹냐…

아오…

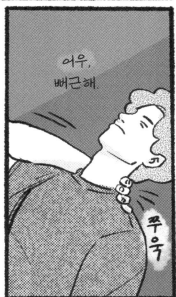

어우,
뻐근해.

하여간 있는 사람들이 더 유난…

그나저나
심란하구만.

긁적

수상할 정도로 이 구역에만
목격자가 많단 말이지….
로드뷰로는 폐건물 같던데
안에 뭐가 있긴 한가?

이게 뭐 하는 짓이냐…
자소서나 한 줄 더 쓰지….

털썩

헛것을 봤나…
일 없다고
별짓을 다 한다.
아, 몰라!

정신과든 어디든
이따 가 보든가 말든가…

…호로록

주섭 주섭

부스럭

느려…

끼잉

아, 안녕 하세요;;

어떻, 어떻게 오셨죠?

아, 그냥…

뻘뻘

? 긁적

…외계인 노동자도 외노자로 쳐주나?

우주씽크

ⓒ 이퐁(글), 박용숙(일러스트)

우주만담(宇宙漫談)은 길 가다 마주친 간판에서 '우주'를 발견할 때마다 엉뚱한 상상을 떠올리는 어떤 작가의 시시껄렁한 '우주적 수다'입니다. 혹시 어디선가 또 다른 '우주'를 발견한다면 leepong@daum.net으로 제보해 주세요. 당신만의 우주만담을 듣게 될지도 몰라요.

우주씽크는 산 아래 비좁게 늘어선 주택들 사이 숨바꼭질하듯 자리 잡은 곳이었다.

벽돌로 지은 삼 층 짜리 건물의 반지하 창고가 우주씽크 공 사장의 작업실이었다. 지상에 빼꼼 나와 있는 기다란 창문에는 투박한 글씨체로 '우주씽크, 주문제작, 씽크공장'이라 적힌 시트지가 붙어 있었다. 우주씽크를 찾아오는 손님은 거의 없었다. 워낙 경사가 급한 산동네이기도 하고, 우주씽크가 필요한 손님이 그만큼 적기 때문이기도 했다.

장마 물리고 난 뒤, 찌는 듯한 더위에 숨 쉬는 것도 버겁던 여름날이었다.

교복 입은 소년 하나가 헉헉대며 우주씽크가 있는 골목으로 들어섰다. 소년은 비 오듯 흐르는 땀을 휴지 뭉치로 대충 닦았다. 오른쪽 뺨에 휴지 조각이 붙은 줄도 모른 채 우주씽크의 문을 두드렸다.

"계세요? 아무도 안 계세요?"

대답 없는 정적이 감돌았다. 지친 소년은 우주씽크 문 앞에 털썩 주저앉았다. 어두워진 낯빛으로 긴 한숨을 내쉬는 소년에게 갑자기 아래쪽에서 목소리가 들렸다.

"어떻게 오셨나요?"

반지하 창고에 달린 기다란 창문 틈으로 공 사장이 손을 흔들었다.

"아, 안녕하세요! 여기가 우주씽크 해주는 곳 맞나요?"

"용케 잘 찾아왔네요. 제가 지금 작업 중이라 자리 비우기가 힘든데 거기 철문 열면 계단 있거든요? 그리로 좀 내려와 볼래요?"

소년은 공 사장의 말대로 우주씽크 작업실로 들어섰다. 밖에서 보던 것과 달리 우주선 안에 서 있는 것 같았다. 천장과 사방을 가득 채운 투명 스크린에 알 수 없는 기호들이 빼곡하게 떠 있었다. 공 사장은 특수 용접에나 쓸 법한 보호안경을 쓰더니 소년을 위아래로 훑어보았다.

"아이고, 씽크가 하나도 안 맞네. 그동안 많이 힘들었죠?"

소년이 울컥 눈물을 쏟았다. 공 사장은 이런 일이 익숙하다는 듯 깨끗하게 빨아 개켜 둔 소창 손수건을 두 장 꺼내 소년에게 건넸다. 도라지와 계피를 넣어 끓여 둔 차 한 잔을 권하는 것도 잊지 않았다.

"어쩌다 이렇게 된 거예요? 여행? 아니면 납치?"

"가족 여행이었어요. 교차점에선 항상 조심하라고 귀에 못이 박히도록 들었는데 호기심을 참지 못하고 그만······."

"그래요. 그럴 수 있죠."

공 사장이 소년의 어깨를 토닥였다. 이곳에는 잘 알려져 있지 않지만, 어떤 우주에서는 얼기설기 얽혀 있는 다중우주의 틈새를 오가는 기술이 개발되어 여행을 즐기곤 했다. 간혹 이 소년처럼 튕겨 나와 엉뚱한 우주에 도착한 사람들을 되돌려 보내는 일을 '우주씽크(sync)'라고 불렀다. 다중우주를 통틀어 씽크로율이 가장 높은 편인 우주씽크 기술자 공 사장은 소년의 몸을 이루고 있는 원자들을 스캔해 우주씽크 모니터에 입력했다.

"위치 설정은 완료했고. 시간대는 어떻게 맞춰줄까요?"

"음, 여기 있었던 만큼 뒤로요."

소년의 대답에 공 사장이 뜻밖이라는 듯 눈을 크게 떴다. 우주씽크를 원하는 사람들은 대부분 왔던 시간대로 돌아가길 바랐다. 그쪽 우주에서는 마치 아무 일도 없었던 것처럼 여겨질 터였다. 소년이 말을 이었다.

"그래도 꽤 좋았거든요, 여기. 기억하고 싶은 게 많아요."

공 사장은 부드럽게 미소 지으며 고개를 끄덕였다. 이곳에 머문 만큼 뒤로 가면 감당해야 할 일이 꽤나 많겠지만 소년은 이미 마음을 굳힌 듯했다. 공 사장이 모니터의 한 부분을 톡톡 두드리자 봉봉 봉봉 하는 소리가 났다. 소년이 점점 흐릿해지다가 이내 사라졌다. 반지하 작업실을 가득 채웠던 스크린도 자취를 감췄다. 어두워진 공간이 한없이 밑으로 가라앉는 듯했다.

"우주가 씽크(sync)되면 우주는 씽크(sink)한다네. 지금도 어떤 우주는 씽크(think) 중이려나."

호로록, 공 사장이 자기 몫의 도라지계피차를 들이마셨다.

이내 깊은 생각에 잠겼다.

이풍 동화작가. '우주'라는 단어가 들어간 간판을 발견하면 사진으로 남기는 버릇이 있다.
박용숙 동화작가. 바람 따라 자유롭게 다니며 세상 이야기 듣는 것을 좋아한다.

장 버드의 이별 선물

© 마타

지구에 남아 있기로 한 장 버드 때문에 아쉬워하는 벙커 K 동료들.
장 버드는 이들을 위해 우주에서 유용하게 사용할 수 있는 발명품을 만들었어요.
여러분도 장 버드를 도와 발명품을 만들어 보는 건 어때요?

우주 유영도 든든한
〈생명유지장치〉

우주복에 단단하게 고정할 수 있는
강력한 금속 이음새 –> 티타늄

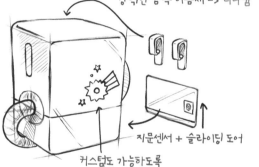

지문센서 + 슬라이딩 도어

커스텀도 가능하도록

본체 : 가볍고 단단한 티타늄 + 열에 강한 텅스텐 금속

AI 동시통역사
〈벙커 버튼〉

언어가 통하지 않는 존재
를 만났을 때 유용하다.

신호를 주고받고,
변화를 감지하는
**〈우주 안테나
귀염둥이 뿔〉**

온도센서 & 장애물 감지

본부에서 원격조정 가능

착용자가 위험에 빠졌을 시
유용할 수 있음.

투명 고양이를 찾아라!
〈별이 전용 목걸이〉

플렉시블 의료용 실리콘

일반 고양이로 변환할 수 있도록

천장과 바닥이 금속으로 이루어진 공간에서
사용하면 공중에 뜰 수 있다.

자력 기능이
추가된
무중력 보드!
〈우주 둥둥 보드〉

중심을 잡아주는 자석 볼

벙커 K 요원들을 위한 나의 아이디어

백 년 동안의 우주

© SF플러스알파

어린이·청소년 SF 속 우주는 어떻게 변해왔을까

· · ·

여러분은 '우주' 하면 무엇이 떠오르나요? 그 생각을 하면서 혹시 하늘을 올려다보고 있지는 않나요? 인류는 밤하늘의 별을 바라보며 지구 밖 무한한 공간을 상상해왔지요. 한국 어린이·청소년 SF에도 다양한 우주 이야기가 있습니다. 백 년 동안 어린이·청소년 SF 속 우주는 어떻게 변해왔을까요? SF플러스알파가 벙커 타임머신을 타고 시간여행을 떠나 보았습니다.

첫 번째 여행
1930

우주인의 눈, 더 높은 차원에서 지구를 상상하는 힘
「천공의 용소년」(1930)

여기는 1930년대입니다. 20세기 전반부(1901~1945)에는 두 차례의 세계 대전을 포함해 상당히 많은 전쟁이 일어났습니다. 우리 역사로 보자면 일본의 침략 전쟁으로 국권이 상실되는 아픔을 겪은 시기이자 일본과 서구의 새로운 문화가 급격하게 도입되었던 격동의 시기였지요. 당시 '과학'은 조선시대의 '실학', 서구의 '문명', 새로운 '학문' 등 다양한 의미로 사용되었으며, 과학소설에서 과학은 두려움과 경계의 대상이 되기도 하고, 약한 국가를 강하게 할 수 있는 힘이 되기도 했습니다.

이 시기에는 과학소설이 많이 쓰이지 않았기에 우주를 대상으로 하는 작품도 찾아보기 쉽지 않습니다. 그런데 어린이 독자를 대상으로 소개된 첫 SF 번안작, 허문일의 「천공의 용소년」(〈어린이〉, 1930)에 우주와 우주인의 모습이 그려집니다. 화성에 사는 '한달' 소년은 평소처럼 '별 박사'네 놀러 갔다가 지구별에서 온 신호를 받고 놀란 별 박사와 함께 지구로 모험을 떠납니다. 신비한 우주를 여행한 끝에 아름다운 별, 지구에 도착한 한달과 별 박사는 전쟁을 치르고 있는 인간들을 발견합니다. 이 화성인들의 눈에는 왕을 위해 또는 돈 많은 사람을 위해 네 나라, 내 나라 편을 나눠 서로를 죽이는 지구인들의 모습이 끔찍하기만 합니다.

이 작품 속 과학, 우주의 상상력은 상대를 죽이고 지배할 수 있는 지식을 주지 않습니다. 오히려 우주인의 눈으로 볼 때 국가 간 전쟁은 지구인이 서로 죽고 죽이는 어리석고 잔혹한 일임을 깨닫게 합니다.

전쟁을 지켜보던 한달의 우주선은 곧 추락할 위기에 처합니다. 그다음 이야기가 궁금하기만 한데, 이 작품은 일본의 검열에 의해 더 연재되지 못하고 중단되고 맙니다. 엄혹한 일제강점기에 이 작품을 골라 당시 어린이에게 소개하고 읽히고자 했던 작가의 마음 그리고 어려운 형편에 한 푼, 한 푼 모아 산 잡지에서 이 작품을 읽었을 조선 어린이들의 마음을 헤아려 보면 좋겠습니다.

SF플러스알파 심지섭

우주, 개척과 개발의 대상이자 무한한 상상력의 공간
「금성탐험대」(1962~1964)

여기는 1960년대입니다. 한낙원의 「금성탐험대」(〈학원〉, 1962.12~1964.9)는 우주 개발 경쟁이 치열했던 냉전 시대, 앞다퉈 태양계의 행성과 우주를 탐험하러 나선 사람들의 이야기입니다. 'V.P(Venus Pioneer)'라는 미국 우주선의 이름에서 드러나듯, 이때 우주는 발달한 지구의 과학기술이 그 꿈과 가능성을 펼쳐 보일 수 있는 개척 대상이었습니다. 미국과 소련은 서로 먼저 지구의 위성인 달을 비롯한 태양계의 각종 행성에 자국의 깃발을 꽂기 위해 우주 개발에 몰두했고, 「금성탐험대」는 그런 시대의 분위기를 잘 담고 있습니다.

당시 인류는 우주로 진출하는 꿈을 꾸었고, 우주 개발의 발판을 만들기 위해 치열한 각축전을 벌였습니다. 「금성탐험대」의 주요 인물인 한국인 고진과 박철, 최미옥 후보생은 죽음을 불사하고 우주 개발과 탐험이라는 인류의 과제를 수행하는 데 도움이 되려 합니다. 과학 발전에 몸을 바치겠다는 대원들의 탐험 정신이 국가, 인종, 성별, 연령을 초월하는 우애로 나타나기도 합니다.

「금성탐험대」에는 '알파성인'이라는 외계 종족이 등장하는데, 이들은 고도로 발달한 과학 문명을 가진 존재는 자신들뿐이라고 생각했습니다. 그러나 우연한 기회에 자신들의 별에서 가까운 '프로시그마성에 그들보다는 미개하지만 역시 인간이라고 부를 수 있는 종족이 살고 있다'는 사실을 알고 자신들의 우주관과 인간관을 대폭 수정하게 됩니다. 알파성인의 존재, 그들의 깨달음, 그리고 금성에서 지구인 탐험대와 알파성인이 만나고 다투고 화해하는 장면은 우주가 품고 있는 무한한 가능성을 보여줍니다.

SF플러스알파 송수연

인간이 개척할 수 없는 별 '카리스토'
《마의 별 카리스토》(1975)

여기는 1970년대입니다. 1970년대 어린이·청소년 SF에서 우주는 주로 인간이 탐험하고 개척할 수 있는 공간으로 그려졌습니다. 당시 사람들은 우주 개척을 콜럼버스가 신대륙을 발견하는 일처럼 여기기도 했습니다. 곧 인간의 발이 가 닿기만 하면, 지구와 가까운 달은 물론이고, 금성과 화성도 인간의 땅으로 만들 수 있으리라는 기대와 믿음이 있었습니다. 오영민의 《마의 별 카리스토》는 그런 시대를 반영하면서도 경계하는 태도가 드러나 독특합니다.

1975년 한국과학소설전집에 수록된 《마의 별 카리스토》는 달, 금성, 화성을 개척하고 우주여행도 가능한 미래의 이야기입니다. 이제 인간은 지구를 고향처럼 그리워하며 다른 별에서 살아갈 수 있습니다. 바다를 메워 간석지를 만들어가듯 인간은 무한한 우주를 탐험하여 개발하는 일을 호기롭고 마땅한 일로 여깁니다. 보다 먼 행성인 목성과 토성, 그리고 그 주위를 도는 위성 탐사가 한창인 때, 목성의 위성인 카리스토에서 사고가 발생합니다. 탐사 우주선들이 돌아오지 못하는 것입니다. 주인공 김봉진 중위는 그 우주선들의 정찰 임무를 띠고 카리스토에 가서 의외의 괴물과 맞닥뜨립니다. 그것은 바로 움직이며 무엇이든 먹어 치우는 식물입니다. 앞선 우주선들 모두 그 식물에 의해 파괴되었습니다. 김봉진 중위 일행도 죽을 고비를 넘기고 겨우 달 기지로 돌아옵니다. 그리고 카리스토는 인간이 정복할 수 없는 '마의 별'로 기억됩니다.

우주의 광활하고 광대함을 인간이 나아가고 획득할 수 있는 가능성으로 보던 시대에 인간의 한계와 불가능성을 짚어주는 상상력은 소중합니다. 또 행성을 지키는 자를 선인장을 닮은 식물적 존재로 상상한 점도 비인간에 주목하는 오늘날에 비춰 볼 때 선구적입니다.

SF플러스알파 최배은

자성의 목소리가 담긴 지구 바깥의 시선
《제키의 지구 여행》(2000), 「풀꽃이 된 사람들」(2004)

여기는 2000년대입니다. 1990년대 후반에서 2000년대 초반 무렵 어린이·청소년 문학은 출판계의 호황과 맞물려 눈부신 황금기를 맞았습니다. 새로운 작가들의 출현으로 다양한 작품이 출간되었지만 SF에서만큼은 주목할 만한 작품이 그리 많지 않았습니다. 문선이의 《제키의 지구 여행》(길벗어린이, 2000)은 어린이 SF의 새로운 시작을 알리는 작품이었지요. 일찍이 어린이 SF에 깊은 관심과 애정을 가졌던 김이구 평론가는 '메마른 토양에서 솟아나 과학소설의 가능성을 새롭게 열어놓은 신선한 작품'이라 평가했습니다.

최첨단 과학 기술 문명을 이룩한 '별나리 행성'의 '제키'는 남들과는 다른 외모 때문에 힘들어합니다. 연한 초록빛의 둥근 민머리에 눈물샘이 없는 별나리인들과 달리 까만 머리카락이 자라고 걸핏하면 울기 때문입니다. 부모님의 고백으로 자신이 지구인 유전자로 만들어진 '합성 인간'임을 알게 된 제키는 반려 로봇 '키키'와 함께 우주선 '콜릴스 호'를 타고 지구로 향합니다. 블랙홀을 통과해 지구에 도착한 제키는 환경오염으로 홑이불처럼 얇아진 지구의 대기권에 경악합니다. 지구인들이 성찰 없이 발전만 추구한다면 또 다른 행성 '치쿠별'처럼 파멸의 길을 걷게 될 것이라 염려하지요.

남미자의 「풀꽃이 된 사람들」(2004)은 2000년대 중반에 시행되어 신인 SF 작가들의 등용문이 된 '과학기술 창작문예' 아동문학 부문 수상작입니다. 안드로메다 은하의 '단군별'에서 거주하다 오랜만에 지구를 방문한 '벼리'는 '아무렇게나 구겨진 고철 덩어리' 같은 암갈색 형체의 지구를 목격합니다.

2000년대는 과학 기술 발전이 가속화되는 동시에 환경오염으로 인한 지구 파괴에 대한 자성의 목소리가 나타나던 시기였습니다. 이런 사회 분위기는 당대 어린이 SF에 반영되었으며 이후 디스토피아를 주된 테마로 다루는 어린이·청소년 SF의 융성에도 영향을 미쳤습니다.

SF플러스알파 이퐁

그래도 우주는 존재한다
「하늘은 무섭지 않아」(2016), 《우주로 가는 계단》(2019)

여기는 2010년대입니다. 2010년대에는 다양한 어린이·청소년 문학이 등장하며 SF를 비롯한 각종 장르물이 그 안에 자리를 잡았습니다. 2014년에는 어린이·청소년을 독자로 하는 '한낙원 과학소설상'이 제정되어 단편 어린이·청소년 SF의 창작과 보급에 큰 힘을 실었습니다. 작품 수가 증가하면서 우주를 배경으로 하는 이야기 역시 많아졌습니다.

제2회 한낙원 과학소설상 수상작인 고호관의 단편동화 「하늘은 무섭지 않아」(2016)는 우주를 두려워하게 된 미래의 모습을 그렸습니다. 달나라와 지구가 잔혹한 전쟁을 벌인 후, 우주로 나가려는 모든 시도는 금지됩니다. 우주로 진출하자고 주장하는 사람들을 '우주쟁이'라고 일컬으며 욕할 정도니, 하늘을 향해 로켓을 발사하는 것 역시 해서는 안 되는 일입니다. 그러나 우주로 향하려는 꿈을 억지로 막을 수는 없습니다. 하늘을 향해 고개를 들고, 달을 보고, 그 너머의 세상을 꿈꾸는 일이 금지되어선 안 된다는 메시지는 어쩌면 지금의 어린이들에게 더욱 필요한 것일지도 모르겠습니다.

전수경의 장편동화 《우주로 가는 계단》(창비, 2019)은 우리에게 다른 차원의 새로운 우주를 선사했습니다. 가족을 잃은 지수는 폐소 공포증 때문에 엘리베이터를 타지 못하고 아파트 20층까지 계단을 걸어 오르다 701호 할머니와 알고 지내며 과학에 빠져들게 됩니다. 어느 날 701호 할머니가 갑자기 사라진 후, 지수는 포기하지 않고 할머니의 흔적을 찾기 위해 애씁니다. 그 과정에서 지금 살고 있는 우주 외의 다른 우주가 존재한다는 '평행 우주 이론'을 알게 됩니다. 소중한 사람들을 떠나보내는 일이 많아진 시대에, 숨 차오르는 비좁은 계단에서 우주를 발견하고 스스로 위안을 찾아내는 어린이의 마음이 믿음직스럽습니다.

SF플러스알파 정재은

우주 그리고 나의 우주
「튤리파의 도서관」(2021)

여기는 우리가 살고 있는 곳과 가까운 2020년대입니다. 2020년대 어린이·청소년 SF에서 우주는 날로 새롭고 눈부시게 발전한 과학 기술로 물리적이나 심리적으로 가깝게 느껴지는 공간입니다. 성능 좋은 우주선과 냉동 캡슐, 웜홀을 통한 빠른 항로의 발견으로 해외여행을 하듯이 행성 간의 이동은 아주 쉬우며, 각각의 행성에는 지구 못지않은 기반 시설이 갖춰져 있습니다. 이주민들은 지구와는 다른 하늘빛이나 풍경, 대체품으로 만족해야 하는 먹거리로 불만이 있지만, 대체로 새로운 삶에 적응하고 있습니다. 최상희의 《닷다의 목격》(사계절, 2021)에 수록된 「화성의 플레이볼」과 「튤리파의 도서관」에서 이러한 분위기가 잘 드러납니다.

「튤리파의 도서관」에서 '나'는 열 살 때 부모를 따라 튤리파 행성 부근에서 발견된 아홉 번째의 행성인 T9에 왔습니다. 이민자들 대부분이 더 나은 미래를 꿈꾸며 지구를 떠났지만, 개척지의 결핍과 불편함으로 지쳐갑니다. 하지만 이들에게 가장 큰 문제는 고립과 외로움입니다. 이를 견디지 못하고 지구를 그리워하다 돌아가거나 더 나은 행성으로 떠납니다. 홀로 남은 나는 고양이 '로라'와 매일 도서관으로 출근하여 하루를 보냅니다. 창밖으로 시시각각 변하는 우주의 하늘을 보지만 언제나 나의 우주 중심에는 로라가 있습니다. 어느 날, '헤카테'로 이주하는 이주민을 태운 우주선이 사고로 정박하게 되고 나는 열두 살의 지우를 만납니다. 우주선이 떠난 후 로라가 사라진 것을 알게 된 나는 나의 삶을 지탱해 주던 우주가 사라져 더는 살아갈 의지를 잃고 맙니다. 이에 스스로 냉동 캡슐로 들어가 죽음 같은 잠을 선택합니다. 30여 년 후 성인이 된 지우가 로라와 함께 와서 나를 깨웁니다.

지금 우리는 지구에 발을 붙이고 성능 좋은 망원경이나 우주로 날아간 위성을 통하여 우주를 경험하지만, 머지않아 우주 속에서 직접 우주를 보게 될 것입니다. 물리적인 우주와 함께 내 삶의 우주에 관하여 생각하게 한다는 점에서 주목할 만한 작품입니다.

SF플러스알파 박용숙

• • •

　벙커 타임머신이 드디어 무더위가 기승을 부린 2024년 여름을 지나 가을에 도착했습니다.
백 년 동안 한국 어린이·청소년 SF 속 우주는 이처럼 다양한 모습과 가능성을 보여주었습니다.
이제 우리는 우주를 지구의 대기권 바깥세상으로만 상상하지 않습니다. 탐사하고 정복해야 할
대상으로 여겨지던 우주는 타자와의 공존이 실현되는 가능성의 공간으로, 또 다른 나를 찾는 심
리적 공간으로 변화 중입니다. 여러분의 우주는 어떤 곳인가요?

여러분이 체험하고 상상한 우주 이야기도 들려 주세요.
〈벙커 K〉는 여러분의 우주 이야기를 기다리고 환영합니다!

＊＊＊

reddot2019@naver.com으로 보내주세요.

어린이청소년SF연구공동체 플러스알파(SF플러스알파)
어린이·청소년 문학 작가, 평론가, 연구자들이 어린이·청소년 SF를 함께 읽고 연구하는 모임이다. 구성원은
박용숙·송수연·심지섭·이퐁·정재은·최배은이다. 어린이·청소년 문학과 SF를 사랑하는 마음으로 해마다 출간
되는 거의 모든 어린이·청소년 SF를 찾아 읽고, 기록하고, 추천하고 싶은 작품을 모아 '보슬비 SF 추천작'을 발
표하고, 어린이·청소년 SF에 관심 있는 분들을 향해 매달 '플러스알파 레터'를 발행하고 있다. '어린이청소년
SF연구공동체 플러스알파'는 보다 많은 사람들이 어린이·청소년 SF를 고민하고 함께 이야기할 수 있는 장이
만들어지기를 꿈꾼다. 책과 어린이·청소년 문학, SF를 사랑하는 분들과 끈끈하게 연결되고 싶다.

공식홈페이지: www.sfplusalpha.org
문의 : sfplusalpha@naver.com
플러스알파 레터 구독 신청 sfplusalpha.stibee.com

다양한 SF 이야기 속에서 새로운 즐거움을,
벙커 K와 신나게 놀 수 있는 놀이공간

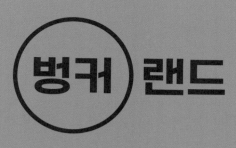

BUNKERLAND

과학과 사랑,
우주의 비밀을 풀다

© 일심이채

일심이채 모임中

이채린 → ← 심지섭 → 김채연

쌤!

저 어제 〈인터스텔라〉 영화 오랜만에 다시 보고 왔어요.

우주는 진짜 뭘까요? 얼마나 큰지 감도 안 잡히고 되게 신비한 것 같아요.

과칭-!

박사모드 ON

우주는 팽창하고 있다고 봐야겠지만 과학 기술에서 측정 가능한 범위가 있기는 해. 빛은 1초에 지구를 7바퀴 반을 돌 수 있고 태양까지는 8분 정도면 도달해. 이 빛이 1년 동안 이동하는 거리는 9조 4,600억km. 그 속도로 93,000,000,000년을 가면 여기까지 우리가 관측 가능한 우주. 그리고...
(질주하는 심 씨)

호에엑

쌤! 그만그만~ 대학원 방금 졸업한 티, 너무 나요~.
어쨌든 저는 〈인터스텔라〉 너무 재밌게 봤어요.
10점 만점에 10점! 스토리가 탄탄하고 천재 감독이 과학 개념들을 열심히 공부해서 만든 것 같아요.
우주랑 과학이 이해가 잘 안 되는 부분도 있는데 그게 또 너무 신비로웠어요. 완벽했음요.

10/10

저도요. 학교에서 많이 보는 영화예요.
요즘 학생들도 많이 볼 걸요.
저는 10점 만점 중에 9점! 강추예요.
배우들 감정 연기랑 우주공간 장면이 대박이에요. 인물들 심리 표현도 너무 좋았어요.

9/10

우주 시공간의 비밀, 인간의 한계와 가능성을 상상하게 하다

〈인터스텔라〉국내 개봉 포스터
(크리스토퍼 놀란 감독, 2014)

우주는 두 글자의 언어와 인간의 상상력으로는 감히 담을 수 없는 무한한 영역입니다. 이 무한함이 주는 환상과 신비로움은 인간에게 상상력을 부여하는 가장 강한 원천 중 하나일 거예요. 우주가 실제로 어떤 모습인지 지금의 과학지식으로는 아무도 알지 못하고, 그 지식도 계속 변화하는 중입니다. 인간의 지식과 생각의 한계만큼 우주는 우리가 생각하는 그 시대 최선의 지식과 우주관으로 상상돼요. 인류의 상상 속 지구가 네모였다가 구형으로 이해되고 이윽고 93,000,000,000광년의 드넓은 우주 속에 있는 지구의 모습으로 바뀌어 온 것처럼요.

대부분의 사람이 지구가 우주의 중심이고 태양도 지구 주위에서 돈다고 생각했던 시기가 500년 정도밖에 되지 않았다는 사실도 떠올려볼 수 있겠습니다. 지금 생각해 보면 얼마나 인간 중심적이고 좁은 생각인가요. 인간은 과학의 힘으로 우주를 관찰하며 우리 인식의 한계에 도전하고 놀라운 사실들을 발견합니다. 그 발견은 인간이 상상하는 우주의 모습, 그리고 우리가 세계를 보는 방식을 바꿔요.

태어나면 누구나 죽는다는 공통된 법칙처럼, 우주의 모든 것에 적용되는 공통된 규칙이 있을까요? 물리학자들은 이 세계와 우주의 비밀을 찾기 시작했습니다. 지금으로부터 약 350년 전쯤, 뉴턴은 태양계를 둘러싼 지구와 달의 공전부터 가깝게는 우리 주변 자동차의 속력을 계산하는 데까지 모두 적용 가능한 공통 법칙을 발견합니다. 뉴턴은 물질과 관계없이 독립적이고 절대적인 시공간 개념을 도입합니다. 그렇게 거대하고 무한한 우주가 수학으로 계산 가능한 일정한 법칙으로 움직인다는 사실, 생각해 보면 놀랍지 않나요?

그런데 후대 과학자 아인슈타인이, 상대성 이론에서 뉴턴의 법칙들이 아주 빠른 속력을 갖거나 거대한 우주 세계에서는 그대로 적용되지 않는다는 사실을 밝힙니다. 우주의 어떤 곳에서는 블랙홀, 중력 왜곡 현상 등이 나타나기 때문이에요. 또한 현대 물리학에서 중요한 양자법칙은 반대로 원자나 분자처럼 아주 미세하게 구성된 미시 세계에서도 뉴턴 법칙이 그대로 적용되지 않는다고 합니다. 종종 아인슈타인의 상대성 이론과 양자역학 이론이 서로 충돌하는 듯이 보이기도 하지만 두 이론 사이의 현상들에서 우리가 지금 상상하는 우주여행, 시간여행, 차원여행 등을 상상할 수 있게 하는 과학적인 토대가 마련됩니다. 조금 거칠게 말하자면 이 지점이 오늘날 과학이 발견한 우주의 법칙이에요.

〈인터스텔라〉는 드넓은 우주 속에서 신비로운 우주의 법칙들을 탐험합니다. 주인공 쿠퍼 일행은 기후 문제로 멸종 위기에 처한 인류를 구하기 위해 떠난 모험에서 블랙홀, 웜홀, 특이점, 중력 이상 등 고차원 세계를 마주해요. 그런 의미에서 〈인터스텔라〉는 인간이 알지 못하는 시공간 차원을 모험하는 영화이기도 합니다.

시간과 공간은 먼 우주 얘기니까, 우리가 살아가는 데 별로 중요하지 않을까요? 시간과 공간은 인간과 상관없이 있는 어떤 것일 수 있지만, 인간에게 시간과 공간은 세상을 해석하는 필수적인 방식입니다. '나는 2010년 한국에서 태어났다'는 생각처럼 우리는 시간과 공간을 떼어놓고는 무언가 생각할 수 없기 때문이에요. 그런데 시간이란 무엇일까요? 시간은 누구나 알지만 누구도 알지 못하는 어떤 힘입니다. 영화를 보면, 중력이 강한 곳은 약한 곳보다 시간이 느리게 흘러갑니다. 쿠퍼는 중력이 강력한 한 행성을 탐사할 때 팀원과 잠시 내려갔다 왔을 뿐이지만 중력 밖 우주에서 대기했던 로밀리는 23년의 세월을 혼자 기다렸지요.

이 장면은 상대성 이론에서 보듯 시공간 왜곡이 발생한 사례입니다. 시간이 어떤 외부의 힘에도 변하지 않고 흘러간다는 뉴턴의 절대적 시간 개념이 변한 거예요. 생각해 보면 우리는 '시간이 흘러간다'는 것을 사실 눈으로 보거나 실제로 느낄 수 없습니다. 시계를 보더라도 시간이 무

〈인터스텔라〉 줄거리 서기 2067년, 세계 각국의 정부와 경제가 완전히 붕괴된 미래가 다가온다. 지난 20세기에 범한 잘못이 전 세계적인 식량 부족을 불러왔고, NASA도 해체되었다. 전직 조종사 겸 엔지니어이자 현직 농부인 조셉 쿠퍼는 아내를 잃고 장인 도널드와 함께 아들 톰과 딸 머피를 키우며 살고 있다. 그러던 어느 날, 시공간에 불가사의한 틈이 열리고, 남은 자들에게는 이 곳을 탐험해 인류를 구해야 하는 임무가 지워진다. 쿠퍼는 자식과 인류를 구하기 위해 이 프로젝트에 합류를 결심하게 된다. 우주선 인듀어런스 호의 출발을 앞두고, 머피는 아버지가 끝내 돌아오지 않을 거라는 슬픔과 두려움에 쿠퍼를 외면한다. 마침내 떠나기 직전 머피의 방에 들어간 쿠퍼는 딸을 끌어안고 자신의 것과 닮은 시계를 주며 꼭 돌아올 것이라 약속을 한다. 사랑하는 가족들을 뒤로 한 채 인류라는 더 큰 가족을 위해, 그들은 이제 희망을 찾아 우주로 간다. 그들은 답을 찾을 것이다. 늘 그랬듯이….

엇인지 본다기보다는 시곗바늘이 움직이는 것을 통해서 시간의 변화를 아는 것에 가깝지요. 조금 더 설명하면 우리가 영화를 보면서 시간이 흘러간다고 느끼는 건 실은 1초, 1초 시간의 흐름을 느끼고 있기 때문이 아니라 화면의 어떤 장면이 바뀌고 있다는 것을 알기 때문이에요. 어쩌면 시간은 '흐르는' 것이 아니라 인간이 그렇게밖에 느낄 수 없는 또 다른 차원의 형식일지도 모릅니다. 만약 우리가 시간을 더 이해할 수 있게 되면 우리가 생각하는 과거와 미래, 현재라는 시간 개념도 달라질 수 있어요.

공간은 어떨까요? 아래 그림처럼 인간은 공간을 3차원으로 인식합니다. 3차원이라는 공간과 시간이라는 미지의 차원, 그것이 우리가 세상을 보는 틀입니다.

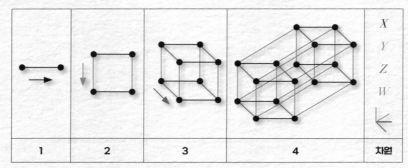

1차원 선분 → 2차원 평면 → 3차원 입체 → 4차원 초입방체

우주를 2차원 공간으로 보면 아래 왼쪽 그림처럼 됩니다. 중력은 2차원 그림에서 행성들 사이에 작용하는 힘으로 보이지만, 3차원으로 보면 아래 오른쪽 그림 휘어진 공간 사이의 힘임을 알 수 있습니다.

다음 그림은 무거운 공이 바닥을 누르고 있는 모습이에요. 여기서 무거운 공은 태양처럼 질량이 무거운 항성과 행성들을, 눌린 공간은 우주 공간을 표현합니다. 질량이 무거울수록 끌어당기는 중력의 힘이 강해집니다. 중력이 강할수록 시간이 더 느리게 흘러가요.

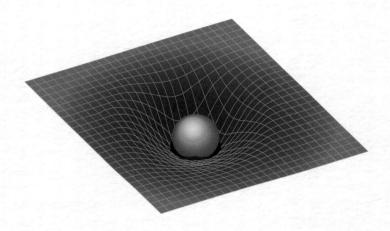

그렇다면 인간보다 더 고차원, 5차원, 11차원을 이해할 수 있는 우주적인 존재가 있다면 그들에게 우주는 어떤 모습으로 보일까요? 〈인터스텔라〉는 이를 과학적으로 상상해 테서렉트(tesseract)로 4차원 공간을 표현합니다(첫 번째 그림의 4차원). 3차원으로 공간을 파악하는 인간이 3차원을 초과하는 공간을 상상해서 영화라는 2차원 화면에 표현한 거예요. 영화 속 테서렉트 연출은 뭔지 잘 모르고 봐도 신비롭지만, 여기에 과학적인 지식이 얼마나 많이 반영되어 있는지 알고 다시 보면 〈인터스텔라〉의 매력을 더 깊게 느낄 수 있습니다. 테서렉트와 웜홀, 블랙홀 우주선의 형태 그리고 영화의 스토리까지 어느 하나, 소홀한 곳 없이 최소한의 과학적인 근거와 사고 위에서 표현되고 있다는 사실이 놀랍기만 해요.

〈인터스텔라〉는 경이로운 우주의 신비와 과학적인 관측, 그리고 놀라운 상상력을 모아 인간이 당연하다고 믿는 지구에서의 삶을 더 넓고 높은 차원에서 사고할 수 있게 하는 기회를 줍니다. 우주를 통해 보면 내가 살고 느끼고 있는 시간과 공간, 어느 하나 당연한 것은 없습니다.

〈벙커 K〉 독자 여러분이 떠올리는 우주는, 그리고 지금 우리가 살고 있는 세상은 어떤 모양인가요? 3차원, 4차원? 아니면, 5차원 그 이상인가요?

심지섭

B(irth)와 D(eath)사이의 C(hoice)

　지구가 멸망하기까지 몇 년밖에 남지 않았다면, 다들 어떻게 하고 싶으신가요? 현재 고등학교 2학년인 저는 수능 공부, 대학 입시 다 접고! 지금의 저에게 더 의미 있는 일을 하고 싶어요. 이처럼 생존의 갈림길에서는 모두가 가장 깊숙한 내면을 꺼내게 될 거예요.

　〈인터스텔라〉는 이러한 순간을 우주적인 규모에서 그려냅니다. 영화의 배경인 2067년의 지구는 사방을 뒤덮는 황사와 병충해로 인해 감자, 밀과 같은 주식 농작물이 사라지고, 지구의 산소 농도가 낮아져 인간이 살 수 없는 환경으로 변했습니다. 영화의 인물들은 죽어가는 지구를 벗어나 인류의 위기를 해결하기 위해 직접 나섭니다. 쿠퍼와 머피는 시공간을 초월하여 인류 멸망을 막을 대책을 마련합니다. 두 인물 모두 작품 초반에는 가족의 생존만을 바라봤지만, 이제는 전 지구로 시선을 넓혀 인류를 구하기 위한 프로젝트에 참여합니다. 특히 쿠퍼는 사랑하는 사람 곁에 남는 것과 모두를 위하는 것 중에 선택해야 했죠. 만약 그가 아이들의 곁에 남는 선택을 했다면 아이들과 시간을 더 보낼 수 있었겠지만, 인류는 황폐해진 지구에서 멸종했을지도 몰라요. 처음엔 머피는 가족을 떠난 쿠퍼를 원망하지만, 결국 쿠퍼를 이해하게 되고 인류를 구출할 해결책을 찾게 됩니다. 두 인물의 선택에서 인류를 위해 희생한다는 의미보다, 소중한 사람과 멀어지는 걸 각오하는 모습이 제게 더 감동적으로 다가옵니다.

　저는 아멜리아 브랜드 박사의 연인이었던 에드먼즈도 기억에 남아요. 그는 인류 구출 계획의 선발 대원으로서 자신이 도착한 행성의 데이터를 지구에 보낸 후 기약 없는 동면에 빠집니다. 우주에 홀로 남겨진 자신의 운명을 알 수 없었지만, 자신의 연인과 지구에 남아있는 인류를 위해 맡은 일을 해내죠. 만약 제가 〈인터스텔라〉 속 세상에 남겨졌다면, 주어진 의무와 책임보다는 가족과 친구들 곁에서 남은 시간을 보내고 싶을 거예요. 하지만 쿠퍼, 머피, 에드먼즈는 저와 달리 모두를 위한 선택을 내렸다는 점에서 이들의 선택이 더 대단하게 다가옵니다.

일반적으로 사람들은 자신의 생존이 달린 상황에서 본능적으로 죽음을 외면하고 도망치려 합니다. 그 과정에서 종종 자신을 잃기도 하죠. 만 박사는 에드먼즈와 같은 선발 대원으로서 한 행성을 맡아 인간이 살기에 적합한 환경인지 조사합니다. 하지만 자신의 행성에서 인간이 살 수 없다는 것을 깨닫자 홀로 우주에서 죽을 것이라는 두려움에 휩싸였죠. 결국 그는 조작한 데이터를 지구로 보내 후발 탐사대의 우주선을 빼앗으려 했습니다. 만 박사처럼 자신의 죽음을 피하진 않았지만, 인류의 멸망을 알고도 속였던 인물이 있습니다. 저는 브랜드 박사가 떠오르는데요. 그는 인류 구출 계획을 주도하고 모두에게 인류 생존의 믿음을 심어주었습니다. 그런데 그는 사실 자신의 이론에 문제가 있다는 것을 알고 있었어요. 그럼에도 그는 그 중압감으로 세상을 떠나기 직전까지 인류를 속이는 복잡한 인물이에요. 인류를 속인 것은 잘못이지만, 결국 자신만 진실을 아는 채로 홀로 선택해야 했던 그를 이해할 수도 있을 것 같습니다.

여러분이 만약 〈인터스텔라〉와 같은 상황에 놓인다면 어떤 결정을 내릴 건가요? 저는 오늘날 갈수록 심해지는 기후위기를 느끼면서 어쩌면 우리도 영화와 같은 상황에 놓이게 될지 모른다고 생각합니다. 우주로 떠난 쿠퍼와 지구에 남아 해결책을 찾는 머피는 인류 생존의 끝자락에서 희망적인 선택을 하죠. 반면 우리는 만 박사처럼 모두에게 절망적인 선택을 할지 모릅니다. 여러분도 이 영화를 보고 미래에 우리가 어떤 삶을 선택할지 고민해 보는 건 어떨까요?

불변의 법칙, 사랑

과학자들은 중력은 시공간을 초월한다고 해. 맞는 말이야. 그런데 중력만큼 중요한 게 또 뭐가 있을까? 나는 '사랑'이라고 생각해. 〈인터스텔라〉에 나오는 모든 문제의 해결책은 '사랑'이었어. 시공간을 초월하는 강력한 힘이지.

머피는 쿠퍼가 임무를 수행하기 위해 우주로 간다고 했을 때 쿠퍼를 엄청 원망했었어. 하지만 쿠퍼를 향한 사랑은 변함이 없었지. 머피 또한 인류를 구하기 위해 나사에 들어가 연구하기 시작해. 그렇기에 쿠퍼를 도울 수 있었고 브랜드 박사가 풀지 못했던 마지막 방정식을 완성할 수 있었어. 이게 인류를 구하는 시작이 되었지.

"사랑이야. 머피에 대한 사랑, 그게 열쇠야." 영화에서 나오는 문제들의 해결책은 '사랑'이라

는 것을 확실하게 말해주는 장면이야. 쿠퍼는 5차원에서 머피를 통해 인류를 구하기 위한 마지막 시도를 해. 성공 여부는 불확실했지만, 쿠퍼는 머피를 굳게 믿었어. 물론 사랑이 모든 것을 해결해 주는 건 아니지만 사랑이 없다면 쿠퍼가 자신이 죽을 수도 있는 상황에서 믿음만을 가지고 행동했을까 싶어. 쿠퍼가 말하는 것처럼 사랑이 열쇠인 거지.

그리고 처음엔 빌런이라고 생각했던 톰이 지금 와서 보니 쿠퍼에 대한 사랑으로 그렇게 행동한 게 아닌가 싶어. 쿠퍼와의 약속을 지키기 위해 모래폭풍이 불어 모두가 떠나도 꿋꿋하게 집을 지켰잖아. 그 덕분에 머피가 집에 시계를 가지러 가고 인류를 구할 수 있었지. 서로에 대한 약속, 굳건한 믿음. 내가 생각하기에 후대 인류가 이 가족을 선택한 이유는 여기에 있는 거 같아.

사랑의 힘은 쿠퍼의 가족에서만이 아닌 브랜드 박사에게도 보여. 만 박사와 에드먼즈 행성 중 지구를 대신할 단 하나의 행성을 골라야 했을 때 브랜드 박사는 에드먼즈 행성에 가자고 해. 하지만 쿠퍼는 에드먼즈가 브랜드의 연인이기 때문에 감정을 따르는 게 아니냐며, 확실한 데이터가 있는 만 박사의 행성에 가자고 해. 브랜드는 그럼에도 사랑의 힘을 강조했어.

"이젠 머리가 아닌 심장을 따르고 싶어요. 사랑은 우리 인간이 발명한 게 아니지만 관찰 가능하고 강력하죠. 뭔가 의미가 있을 거예요."

이는 감정적으로 보일 수도 있지만 나름의 합리적인 선택이었을지 몰라. 사랑과 관계없이, 합리적인 데이터를 보냈다고 생각했던 만 박사는 인류에 대한 사랑보다는 생존에 대한 두려움 때문에 거짓 정보를 보냈어. 하지만 에드먼즈는 브랜드 박사를 사랑하기 때문에 거짓 정보를 보낼 리가 없었지. 그녀가 위험에 빠지는 일은 만들고 싶지 않았을 테니 말이야. 결국 브랜드 박사의 예상대로 에드먼즈 행성이 지구를 대신할 행성이었어. 이렇게 보면 사랑은 눈에 보이지 않는다고 하지만 관찰할 수 있는 가장 정확한 정보라고 할 수 있지 않을까?

오늘은 내가 마지막 순서여서 쌤과 채린이 몫까지 정리해 볼게. 어떤 영화들은 과학이나 사랑을 대조적으로 나타내는데, 그런 영화들은 한 가지 가치만 중요하다고 표현하기 쉬워. 하지만 〈인터스텔라〉는 과학의 힘으로 인류를 구하면서 사랑으로 가장 중요한 문제를 해결해. 그저 '과학이 가장 중요해!'라거나 '사랑의 힘이 최고야!'라고 말하는 영화들보다 우주의 비밀에 도전하는 과학적 태도와 더불어 사랑의 가치까지도 보여준 〈인터스텔라〉, 정말 좋은 영화니까 꼭 보고, 다음 호에서 만나. 안녕!

김채연

〈인터스텔라〉의
비하인드
파헤치기

1. 인듀어런스호(우주정거장)를 직접 만들었어! 12개의 공간 중 조종석, 거주 공간, 극저온 포드— 이 3개 공간의 뼈대와 구조 등을 제작진들이 모두 직접 만들었지.

2. 영화에 가장 알맞은 옥수수밭을 만들기 위해 직접 옥수수를 키웠어!

3. 크리스토퍼 놀란 감독 영화의 폭파 장면은 대부분 실제야. 〈인터스텔라〉에서 만 박사의 연구실을 폭파하는 장면 또한 실제라고 해.

4. 실제 블랙홀이 관측된 건 2019년이야. 인터스텔라는 2014년에 개봉했어. 〈인터스텔라〉에서의 블랙홀은 애니메이터들이 물리학자 킵 손의 주장과 상상력으로만 작업한 거야. 그런데 실제 관측된 블랙홀과 인터스텔라의 블랙홀은 똑같은 모습을 띠고 있었어!

심지섭 인하대에서 아동문학을 공부했다. 문학과 과학, 성인과 어린이 사이의 일들에 관심이 있다.
김채연 수주고등학교 2학년. 자칭 비평가. 소름 돋는 영화나 조금 잔인한 누아르 장르를 좋아한다.
이채린 상일고등학교 2학년. 자칭 MZ 세대 대변인. 호러물을 좋아하고, SF의 매력에 빠지기 시작했다.

요즘 SF © SF플러스알파

© 박용숙

어린이 ❶

비밀의 행성 노아 | 전성현 글, 최경식 그림 / 문학과지성사 / 2023년 10월

'노아'는 화성과 목성 사이에 있으며 에너지원이 되는 주피튬이 많이 매장된 행성입니다. 지구에서는 노아를 더 먼 우주 개발을 위한 전초 기지로 삼으며 각종 연구를 진행합니다. 그런데 궤도를 이탈한 운석이 떨어지면서 안전하다고 믿었던 노아에 혼란이 찾아옵니다. 행성에서 태어나고 자란 첫 번째 아이인 수리는 아이스돔을 찾아가는 도중에 만난 라임과 함께 행성에서 벌어지고 있는 비밀을 알게 됩니다. 행성의 아이들은 이 상황을 어떻게 헤쳐 나갈까요? 우주 개발 시대에 노아 행성에 닥친 재난을 통하여 인간의 욕망과 탐욕을 그려내며 이를 헤쳐 나갈 용기를 주는 SF입니다.

어린이 ❷

우주 학교 | 김동식 글, 이강훈 그림 / ㈜학교도서관저널 / 2024년 6월

지구인을 비롯한 우주의 세 종족이 함께 다니는 '우주 학교' 이야기입니다. 꼬뿌, 차찻, 인간 종족은 서로 생김새가 다르지만, 우주 학교에서는 각자에게 자신의 종족처럼 보입니다. 그럼에도 끼리끼리만 어울리고 다른 종족을 인정하지 않으려는 분위기 속에서 꼬꼬, 슈찻, 시현 삼총사는 서로를 인정하고 이해하는 문화를 만들기 위해 고군분투합니다. 각 종족은 각자의 빨간날을 지킬 수 있을까요? 차찻 종족의 '월릿', 꼬뿌 종족의 '꾸드방 놀이'를 다 함께 즐길 수 있을까요? 다양한 사건들이 이어지는 유쾌하고 발랄한 '우주 학교'로 우리도 함께 등교해 봅시다.

어린이 ❸

우주의 속삭임 | 하신하 글, 안경미 그림 / 문학동네 / 2024년 1월

이 책에 실린 5편의 이야기는 모두 우주를 다루고 있습니다. 「반짝이는 별먼지」는 50년 동안 우주 복권의 선물을 기다리는 할머니와 사는 '나'의 이야기입니다. 어느 날 낡은 여행자의 집 '별먼지'에 누군가 찾아온답니다. 그리고 할머니의 소원이 이루어지지요. 「타보타의 아이들」과 「달로 가는 길」은 인간에게 버림 받은 로봇들의 이야기입니다. 인간이 버리고 떠난 '타보타' 행성에 남은 로봇에게는 어떤 일이 일어날까요? 달공장에서 폐기 처분되는 로봇은 어떤 생각을 할까요? 각각의 이야기는 인간과 비인간 존재들이 연결되어 서로에게 영향을 주며 함께 살아가는 모습을 보여줍니다.

우주 보부상 | 명소정 글, 모차 그림 / 이지북 / 2024년 3월

워프 기술 개발 이후 지구인들이 멀리 떨어진 외계 행성을 경쟁적으로 테라포밍해 새로운 보금자리로 만들어 살아가는 미래를 실감나게 다룬 작품입니다. 교역이 어려운 외딴 행성을 찾아다니며 물건을 파는 '우주 보부상' 목화는 어린이의 몸을 지닌 인공지능 '백지'와 함께 주문받은 물건을 싣고 비올레 행성으로 가요. 비올레 행성에서 시간을 보내는 동안 목화는 돈보다 소중한 가치를 발견하고, 백지는 낯선 인간을 나름의 방식대로 이해하게 됩니다.

우주 가족을 찾아라 | 박선화 글, 이경국 그림 / 소원나무 / 2024년 2월

2019년 『외계인 편의점』 출간을 시작으로 기발한 SF적 상상을 보여주며 4권까지 이어진 '외계인 편의점 시리즈'의 마지막 권입니다. 우주해적 헬크랩에게 나비 행성을 빼앗겼던 알파와 라우렐이 무사히 고향 행성으로 돌아간 뒤 혜성과 혜성의 할머니 박맹금 여사에게는 평화로운 나날이 이어지는 듯합니다. 그러나 연락이 두절된 '우주 가족' 알파와 라우렐을 찾아 다시 한 번 지구를 떠나는 두 사람에게는 어떤 모험이 기다리고 있을까요?

시간 속의 너에게 | 김문경 외 / 사계절 / 2024년 6월

어느덧 10회를 맞이한 한낙원과학소설상 수상작과 우수작이 수록된 작품집입니다. 표제작 「시간 속의 너에게」는 가망 없는 지구를 버리고 '제2의 지구 프록시마 행성'으로 가기 위해 모두가 혈안이 되어 있는 근미래를 배경으로 합니다. 유전자 조작으로 태어나 보호소에서 사는 L24는 자신을 '혜성'이라 불러 준 친구 '은하'로 인해 처음으로 프록시마에 가고 싶다는 소망을 품지요. 과연 그 소망은 이루어질까요? 수록작 「소년들, 소년들이」에 등장하는 우주 쓰레기 처리반 소년들의 활약도 박진감 넘칩니다. 초보대원 청우는 우주선 77호를 타고 싶어하던 윤도를 애도하며 금기에 도전하지요. 다양한 색을 지닌 여섯 편의 SF를 만나 보세요.

30세기 소년 소녀 | 고호관 / 북트리거 / 2023년 7월

30세기에도 인간에게 에너지는 부족합니다. 그래서 블랙홀에서 막대한 에너지를 얻기 위해 '펜로즈 프로젝트'를 실행하는데요, 지구의 청소년 유안과 태유는 프로젝트 견학을 위해 탑승한 우주선 안에 갑자기 나타난 또래 소녀 프릴라를 만나게 됩니다. 이상한 옷차림을 한 프릴라는 다른 우주에서 소환되어 온 것이었는데, 프릴라가 살던 우주는 물리학이 아니라 마법이 지배하는 우주였다네요! 극과 극의 세계에서 살아온 소년 소녀들은 서로의 우주를 받아들이게 되고, 프릴라와 함께 차원을 건너와 우주를 정복하려는 흑마법사에 함께 대항합니다. 교과 지식을 바탕으로 하는 청소년소설인 '스터디 픽션' 시리즈 중 한 권입니다.

최근 2~3년 동안 국내에서 출간된 어린이·청소년 SF 작품 가운데 '우주'와 관련된 작품을 소개합니다.

© 박용숙

청소년 ❸

우주의 미아 | 지슬영 / 별숲 / 2023년 2월

화성과 지구를 배경으로 하는 청소년 SF입니다. 지구를 탐사하며 지구에 남겨진 유물을 캐내는 '지구 탐사원'(이라고 쓰고 '보물 사냥꾼'이라고 읽어요) 하늬와 진은 각기 성장 배경이 다른 화성 청소년이에요. 이번 지구 탐사에서 하늬가 지구의 바닷속에서 건져온 보물은 '미아'라는 이름의 아이입니다. 미아는 누구일까요? 하늬와 진은 화성 연합 정부에 맞서 위험에 빠진 미아를 구하려 애쓰게 되는데요, 화성을 배경으로 펼쳐지는 하늬와 진의 활약이 흥미진진합니다.

청소년 ❹

오로라 2-241 | 한수영 / 바람의아이들 / 2022년 12월

햇빛이 비치지 않고 비가 더 이상 내리지 않으면 지구인들은 어떻게 살아갈까요? 이 책에선 날씨를 조작하여 판매하는 회사를 상상해냅니다. 2090년 지구는 토르사가 세운 행성인 '토르월드'에 종속되어 날씨와 식량 문제를 해결하고 있습니다. 지구 나들이를 계획했던 토르월드의 버드는 그만 2023년의 지구인 단비네 사과 농장에 떨어지고 맙니다. 버드가 단비네 사과 농장에 떨어진 이유는 무엇일까요? 버드는 과연 2090년의 토르월드로 돌아갈 수 있을까요?

SF 그림책

어떤 토끼 | 고정순 글·그림 / 킨더랜드 / 2024년 5월

우주 어딘가에 있는 행성에 사는 사랑에 빠진 '어떤 토끼'의 이야기입니다. 낡은 우주선이 보내는 신호를 들을 수 있는 어떤 토끼는 고장 난 우주선을 고치는 일을 합니다. 어느 날 어떤 토끼에게 할머니가 남긴 낡은 라디오를 고쳐 달라며 멋진 토끼가 찾아왔습니다. 어떤 토끼는 자신의 고요한 세상에 불쑥 찾아온 멋진 토끼를 사랑하게 되었지요. 어떤 토끼에게 멋진 토끼는 온 우주에서 통틀어 가장 멋진 토끼입니다. 어떤 토끼는 멋진 토끼에게 고백을 할까요? 그 둘은 어떻게 될까요? 고정순 작가가 지나간 사랑을 그리워하며 지은 그림책입니다.

도전! 컬러링 : 우주로 간 요원들

어딘가에서, 놀라운 무언가가 밝혀지길 기다리고 있습니다.
Somewhere, somthing incredible is wating to be known.
《코스모스》, 칼 세이건, 1980

쓰레기 속에서 피어난 사랑

그래픽노블 《먼지 행성》을 읽고

ⓒ 송수연(글), 김소희(그림, 길벗어린이 제공)

'태양계의 쓰레기장, 다른 행성들의 청정 유지를 위해 그들의 쓰레기가 버려지는 곳.' 정식 명칭은 '먼지 행성'이지만 사람들은 '쓰레기 별'이라고 부릅니다. 쓰레기 별이라고 하면 쓰레기만 가득할 것 같지만, 당연히 그곳에도 누군가 삽니다. 먼지 행성의 관리인이자 유일한 등록 시민인 나오, 떠돌이 상인이었는데 시민 등록을 하지 못한 채 먼지 행성에 눌러앉은 츄리, 겨우 서너 살쯤에 쓰레기 종량 캡슐에 담긴 채 버려진 리나, 기억도 전원도 그대로인 채 버려진 펫봇 깜이. 이들은 혈연으로 맺어진 가족은 아니지만 여느 가족 못지않게 서로를 사랑하고 존중하며 돌봅니다.

어느 날 리나가 반짝이는 빛을 쫓아 돌산을 오르고, 모험 끝에 버려진 기록봇과 함께 집으로 돌아옵니다. 리나가 우연히 만난 기록봇에 담긴 영상은 나오가 왜 자진해 쓰레기 별로 들어갔는지, 그리고 그가 평생 가슴에 품고 있었던 질문은 무엇인지 알게 해줍니다. 영상에는 무슨 내용이 담겨 있을까요? 나오는 어떤 사연을 가지고 있을까요?

먼지 행성 사람들은 다른 행성에서 버린 쓰레기를 처리하고 거기서 얻은 자원을 재활용하면서 살아갑니다. 많은 것이 부족하지만 먼지 행성 사람들은, 없음으로 불행을 삼기보다 있음에서 작은 행복과 만족을 얻으며 욕심 없이 살아갑니다. 먼지 행성 사람들의 일상은 우리가 실체 없는 내일에 매달려 오늘의 소중함을, 매일을 만드는 작지만 정성 가득한 누군가의 손길을 잊고 사는 것은 아닌지 돌아보게 해줍니다.

하지만 모두의 삶이 그러하듯, 먼지 행성의 소박한 삶도 영원히 이어지지는 않습니다. 물론 나오와 츄리는 먼지 행성이 언제든 버려질 수 있다는 사실을 알고 조금씩 꾸준히 대비하고 있습니다. 이들의 준비는 먼지 행성 식구들을 지켜줄 수 있을까요? 먼지 행성 식구들은 앞으로 어떻게 될까요? 만화의 후반부는 깜이의 숨겨진 사연과 나오와 츄리의 결단, 그리고 보는 이를 울컥하게 만드는 결말로 이어집니다. 이제 너무 흔해져서 그 값어치가 바래진 '사랑'이라는 말의 힘을 그 어떤 작품보다 힘 있게 보여줍니다.

《먼지 행성》은 만화라는 장르의 특성이 잘 살아 있습니다. 그림이 주는 매력과 설득력이 아주 크죠. 예를 들어 만화의 초반 약 5장에 걸쳐 그려진, 세 살배기 리나가 쓰레기 종량 캡슐에 담긴 채 버려져 먼지 행성까지 오는 과정은 뭐라 말로 표현할 수 없는 감정적 울림을 남깁니다. 나오와 츄리에 의해 구해져 '불안한 기억이 살아 있다는 실감으로 끝났다'고 리나는 회상하지만, 이런 설명으로는 도저히 채워지지 않는, 이 글을 쓰는 저 역시 뭐라 한두 마디로 설명할 수 없는 다양한 감정이 그림에 꽉꽉 눌러 담겨 있습니다.

결말도 마찬가지입니다. 결말을 글로 쓰면 어느 정도 예상 가능한 이야기에 그칠 수 있지만 몇 줄 되지 않는 글과 어우러진 《먼지 행성》의 결말을 아주 한참, 정말 오랫동안 기억하지 않을 수 없게 만듭니다. 나오와 츄리, 그리고 깜이의 선택은 '사랑' 이외의 다른 단어로는 설명할 수가 없습니다. 그리고 사랑은 인간 사이에서만 이루어지지 않습니다. 인간과 비인간, 어른과 아이, 남성과 여성, 인종 등 어떤 다름과 차이도 사랑 앞에서는 무력해집니다. '사랑은 허다한 허물을 덮는다'는 성구가 있습니다. '사랑한다면 이들처럼'이라는 유명한 말도 있지요. 《먼지 행성》은 사랑을 설명하는 숱한 어록에 충분히 들어갈 수 있는 한 줄의 말로 맺음합니다.

"다른 이들의 더러움을 모두 끌어안은 먼지 행성. 거기에 나의 가족이 있었다."

저는 이 말을, 그리고 사랑이 무엇인지 말해주는 이 SF의 결말을 아주 오래 기억할 것 같습니다.

송수연
2014년 〈다문화시대, 아동문학과 재현의 윤리〉로 창비어린이 신인평론상을 받으며 평론활동을 시작했다. 계간 『작가들』 편집위원이며, 어린이·청소년책 팟캐스트 '사사주아'를 운영하고 있다. 평론집 《우리에게 우주가 필요한 이유》를 썼다.

먼지 행성
김소희 글·그림. 아름드리미디어 출간(2024). 저마다 다른 이유로 사회에서 버려진 인물들이 서로의 아픔을 어루만지고 기대면서 '한 가족'이 된 이야기를 담은 그래픽노블.

머리에 힘을 주는 두뇌 게임

① 규칙에 의해 정렬되어 있던 숫자행성들의 균형이 무너졌어. 빈 원에 숫자행성의 숫자를 넣어 다시 정렬시켜 보자.

규칙 1. 한 직선상에 있는 4개 행성의 합은 무조건 26이다.
규칙 2. 아래 9개의 행성을 중복 없이 모두 사용해야 한다.
(여러 가지 방법으로 정렬할 수 있다.)

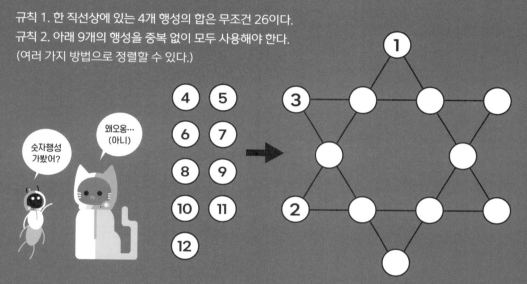

② 마루가 연구소에 쓸 새로운 카펫 원단을 마련했다! 완벽하게 같은 형태와 크기를 가진 4개의 카펫을 만들 예정인데, 어떤 모양으로 잘라야 할까? 펜이나 색연필로 색칠해 표시해 보자!

아래를 봐요!

© SUKU

지구상에 나 없이 살 수 있는 생명체 있으면 나와 보라고 해!

지구가 초록별이 되도록 크게 이바지를 한 것은 분명 태양이야. 광합성은 우리 생태계가 시작되는 출발점이지. 태양 없는 세계는 곧 암흑과 죽음의 세계를 의미한다는 것을 고대부터 인류는 잘 알고 있었어.

그런데 1977년 2월 미국의 잠수정 앨빈호가 뜻밖의 발견을 했어. 갈라파고스 해저산맥을 탐사하던 잠수정의 연구자들이 심해 2,500미터 정도의 깊이로 내려갔을 때 놀라운 광경을 목격하게 된 거야. 무려 270기압 정도의 수압을 버티며 (이 정도면 지상에서 사람의 손바닥 위에 무게 3톤짜리 코끼리를 9마리 올려놓은 정도의 압력이야.) 놀라운 크기와 형태의 희한한 유기체 군집이 따뜻한 샘 주변에 모여 있는 광경이었어. 굴뚝 모양의 봉우리에서는 검은 연기가 솟아오르고, 창자 조각처럼 생긴 기이한 물고기부터 하얀 관에 붉은 깃털을 지닌 커다란 벌레, 여기저기 틈이 있는 곳은 새우와 게들이 바글거리며 자리를 차지하고 있었다고 해. 혹시 연구자들이 지옥에 도착해 버린 걸까? 아니야. 그곳은 바로 심해의 '열수분출공'이라는 장소였어.

열수분출공은 해저 지각 틈 사이로 바닷물이 스며 들어가서 섭씨 350도 이상으로 가열된 후 다시 솟아오르며 만들어진다고 해. 바다를 지구 중심과 연결해 주는 지하 공장 파이프를 상상해 봐. 열수분출공에서 솟아오르는 뜨거운 액체 속에는 산소가 거의 없고, 산성이나 황화물, 메탄, 이산화탄소 등이 들어 있어. 육지 생물의 관점에서 보면 매우 살아가기 힘든 환경이지.

무엇이든 으깨질 정도의 압력과 죽음에 가까운 독성물질, 한 줄기 빛도 없는 이런 환경 속에서 어떻게 이런 생태계가 이뤄질 수 있을까? 열수분출공의 생명체는 무엇을 먹으며 이곳에서 이렇게 몸집을 불릴 수 있었을까?

더 뜨거운 물은 없나?

폼페이 벌레

바닷속 예티!?

예티 게

과학자들이 밝혀낸 바에 의하면, 빛이 없는 이 세계에서는 박테리아가 녹색식물을 대신하며, 화학 작용이 태양 에너지를 대체해. 마치 육지의 식물이 광합성을 이용해 양분을 만드는 것처럼 박테리아가 검은 연기 속의 황화수소라는 화학물질을 산화시켜 나오는 화학에너지를 이용해서 번식한다는 거야. 심지어 '폼페이'라고 이름 붙인 벌레는 섭씨 120도가 넘는 온도 속에서 아무렇지도 않게 살 수 있대. 미지의 행성에서나 만날 것 같은 생명체들이 지구 바닷속에서 생생하게 살고 있다니! 놀랍지 않아? 아직 밝혀지지 않은 사실이 많지만, 열수분출공 생태계의 비밀이 밝혀지면 지구 생명의 기원에 대한 답을 찾아줄 수 있을 거라고 과학자들은 믿고 있어.

언젠가 먼 우주의 화성 같은 다른 천체에서 생명체를 만나는 날이 온다면, 그 모습은 열수분출공에서 만난 미생물의 형태와 비슷할지도 몰라. 지구에서 화성까지의 평균 거리는 225,000,000Km! 상상하기 힘든 거리이지만, 지구를 떠나지 않아도 바닷속으로 2.5km 정도만 내려가면 새로운 세계를 발견할 수 있다는 사실을 기억해 두자. 별세계는 어쩌면 위가 아니라 아래에 있을지도 모르니까.

나 없어도 잘 살고 있네!

여기가 지구냐? 외계냐?

화성

SUKU
심심한 날도 즐거운 날도 이야기를 만들며 살고 있다. 그렇게 만들어진 이야기를 그림으로 엮어 그림책을 만든다.

양서인간

ⓒ 이지유

초등학교에 다닐 때였다. 한여름 풀장에서 죽을뻔했다. 물에 둥둥 뜨는 오리 모양 풍선을 가져갔는데, 이게 둥글게 생기다 보니 쉽게 뒤집어졌다. 나는 오리 풍선을 끌어안고 균형을 잘 잡고 있었지만, 누군가 물장구를 치며 지나가는 통에 그만 뒤집히고 말았다. 그래서 풍선을 잡은 손과 발은 물 밖에 있지만 머리와 몸은 물속에 잠긴 이상한 모습이 되었다.

내 눈과 공기 사이에는 얇은 물이 일렁였고 하늘이 보였는데, 가끔 햇빛이 송곳처럼 눈을 찔렀다. 더 이상 참을 수 없어 숨을 토하자, 물이 코와 입으로 쏟아져 들어왔다. 그 순간 너무 놀라 풍선을 놓았고 마침 친구들이 팔과 몸을 잡아 일으켜 세워 주었다.

발이 바닥에 닿고 머리가 물 밖으로 나오니 삼켰던 물이 코와 입으로 동시에 쏟아져 나왔다. 그런데 정신을 차려보니 수영장 깊이가 허리 정도밖에 되지 않았다. 이렇게 어처구니없는 일이 있다니. 그 후 어른이 될 때까지 수영장 근처에도 가지 않았다.

이때 이후 나는 진화가 꼭 좋은 것은 아니라고 생각하게 되었다. 이왕 진화할 거면 공기와 물속에서 모두 호흡할 수 있게 진화했으면 얼마나 좋을까? 왜 허파 아니면 아가미 둘 중 하나를 선택해야 하는 거지? 개구리는 피부로도 호흡하는데 인간은 왜 그런 기능을 더 적극적으로 선택하지 않았을까? 광합성 하는 피부 세포가 있으면 더 좋겠네. 나가서 햇볕만 쬐면 당분이랑 산소가 생기잖아. 그 산소로 물속에서 숨 쉬어도 되고. 아, 인간은 도대체 뭐야?

가만있어 봐. 육지에서 살다가 물로 다시 돌아간 게 바로 고래잖아. 그렇구나. 다시 아가미로 돌아갈 수는 없고, 허파를 가진 채 물속에서 숨을 쉬려면 허파가 클수록 유리할 테니 인간도 덩치가 커지겠구나. 하지만 그건 싫은데. 그냥 지금 인간의 모습을 가진 채로 크기 또한 더 커지지 않고 육지와 물에서 동시에 살 수는 없을까?

이런 생각을 열심히 하고 있을 때 읽게 된 책이 《양서인간》이었다. 주인공 로스모는 상어의 아가미를 이식받고 육지와 바다에서 아무런 불편함 없이 사는 양서 인간이 되었다. 안타깝게도 책에는 주인공이 어떤 수술을 통해 아가미를 이식받았는지, 어떤 회복 과정과 훈련을 거쳐 양서인간이 되었는지에 대해선 별말이 없었다.

대신 다른 인간과 접촉하지 않고 성인이 된 로스모가 우연히 알게 된 여인과 사랑에 빠지면서 인간관계를 처음부터 배워나간다는 내용을 주로 다루고 있다. 그래서 나는 이 책에 불만이 많았다. 로스모가 양서인간이 된 과정 자체가 중요하지, 사랑이나 인간관계 따위가 뭐 그렇게 중요하단 말인가!

그런데 이번에 이 책을 다시 읽으니, 로스모가 인간에 대해 배워나가는 과정과 그 속에서 생각해야 할 점이 1928년이나 지금이나 크게 다르지 않다는 점에 놀랐고, 그래서 이 작품이 100년이나 된 SF소설로 느껴지지 않아서 또 한 번 놀랐다. 양서인간을 만드는 기술적인 내용을 자세하게 언급하지 않은 것이 오히려 신의 한 수가 된 셈이다. 만약 그랬다면 이 작품은 정말이지 구닥다리 같은 느낌이 들었을지도 모른다.

이 책을 처음 읽을 때는 베리야에프가 손가락 하나 까딱하지 못하는 상태로 5년 동안 병상에 누워 이 작품을 썼다는 사실을 몰랐다. 신체를 자유자재로 움직이지 못하는 상황에서 그는 신체 이식에 대한 작품을 여러 편 썼다.

보고 듣고 냄새 맡고 피부의 자극을 느낄 수 있지만 아무런 반응을 할 수 없는 상태의 몸을 가진 베리야에프! 이처럼 철저하게 사고 실험을 할 수 있는 상황에 놓인 사람이 있을까? 그의 작품이 오늘날에도 신선한 영감을 주는 이유는, 원하진 않았겠지만 누구보다 자신에게 집중할 수밖에 없는 상황 때문이었는지도 모른다.

100년이 지나도 어색하지 않을 SF를 쓰려면 요즘은 어떤 점을 고려해야 할까?

참, 나는 27살이 되던 해에 트라우마를 지우기 위해 1년 동안 수영을 배웠다. 그러나 여전히 물이 무섭다. 아무래도 이번 생에 철인삼종경기는 포기하는 걸로.

이지유
대학에서 지구과학과 천문학을 공부하고 어린이와 청소년을 위해 과학에 관한 글을 쓰고 그림을 그리는 과학 논픽션 작가다. 지은 책으로는 《별똥별 아줌마가 들려주는 과학 이야기》 시리즈, 《기후변화 쯤 아는 10대!》, 《식량이 문제야!》, 《내 이름은 파리지옥》 외 여러 권이 있다.

참고 자료
아이디어회관 SF_ 직지 프로젝트 사이트에 있는 《양서인간》 표지와 서지, 본문 내용
(https://sf.jikji.org/book/index.html)

극한의 우주미로 탈출하기

장난끼가 발동한 큐브걸이 아라를 직접 만든 미로에 가둬버렸다. 이런, 탈출이 생각보다 쉽지 않잖아!
아라가 출구로 탈출할 수 있도록 길을 표시해 주자!

START
너… 탈출하고 보자!

END
쉽지않다~ 어디 실력을 보자고!

우주의 꿈에서 천문학자로

ⓒ 손상모

안녕하세요! 저는 현재 미국 우주망원경과학연구소(Space Telescope Science Institute) 소속으로 제임스웹 우주망원경의 광학팀에서 일하고 있는 손상모라고 합니다. 〈벙커 K〉를 통해 어린이, 청소년 여러분과 만날 수 있게 되어서 반갑습니다.

우주와 관련된 일을 하는 사람들은 어린 시절부터 우주에 대한 꿈을 키워왔다고 말하는 경우가 많습니다. 저 역시도 아주 어릴 때부터 우주에 대한 호기심으로 가득 찬 소년이었습니다. 부모님께서 말씀하시기를, 제가 다섯 살 정도부터 "나중에 커서 뭐가 될래?"라는 질문에 우주 비행사나 천문학자가 되겠다는 말을 곧잘 했다고 합니다. 그 당시에 미국에 살고 있었는데, 마침 '스타워즈' 시리즈의 2번째 영화인 〈제국의 역습〉이 개봉한 시기라 공상과학 영화의 붐이 일어나면서 저를 포함해 많은 어린이들에게 영감을 주었습니다. 저는 지금까지도 아이들과 함께 스타워즈 관련 영화나 드라마를 빠짐없이 챙겨 보는 광팬으로 살아가고 있습니다.

저는 서울에서 초·중·고등학교를 다니며 우주에 대한 꿈을 이어 갔습니다. 해 질 녘 노을이 지는 하늘을 보면 늘 가슴이 두근거렸고, 쌍안경으로 밤하늘의 별을 바라보는 재미로 살았던 기억이 선명합니다. 어느새 모든 '장래 희망' 난에는 자연스럽게 '천문학자'라고 쓰기 시작했고, 특별히 다른 직업을 가지고 싶다는 생각을 한 적이 없었습니다. 대학 진학을 앞두고 학교 선생님들께 입시 조언을 받을 때 의예과나 컴퓨터공학과 같은 인기가 많은 전공을 택하는 것이 어떻겠냐는 제안을 받았지만, 저에게는 단 1초라도 고민할 거리가 아닐 정도로 진로에 대한 결심이 확고했습니다.

부모님의 응원에 힘입어 연세대학교 천문우주과학과로 진학하여 천문학을 전공하면서 천문학자로서의 첫발을 내디뎠고, 대학을 마친 후 같은 학교에서 대학원을 다니다가 제가 연구하고 싶던 분야의 최고 수준을 달리는 버지니아 주립대학교University of Virginia 천문학과에서 석사, 박사학위를 수여 받았습니다. 이후 한국천문연구원, 연세대학교, 캘리포니아 공과대학교를 거쳐 현재 일하고 있는 우주망원경과학연구소에 정착하게 되었습니다. 처음 우주망원경과학연구소에서 근무했을 당시에는 천문학 연구만 하는 직종이었는데 계속 일하다 보니 우주망원경의 매력에 빠져서 허블 우주망원경 팀에 합류하게 되었고, 이후 제임스웹 우주망원경 팀에 합류하였습니다.

제임스웹 우주망원경이 2021년 12월 25일 발사된 이후 약 6개월 동안 망원경 팀의 일원으로 망원경을 최상의 상태로 준비시키는 과정에 참여했습니다. 제가 오랫동안 꿈꿔 왔던 일을 마침내 이루었다는 성취감과 지금까지 인류가 만든 가장 강력한 망원경을 성공적으로 작동시켰다는 뿌듯함이 밀려오면서 큰 보람을 느꼈습니다. 저에게는 평생에 남을 소중한 추억이 된 것 같습니다.

천문학자로서의 길을 걸어오면서 늘 좋았던 것만은 아닙니다. 공부하면서 이해를 못 하는 부분이 나오면 제 머리를 탓하며 한숨을 쉰 적이 많고, 연구한 결과가 잘 나오지 않을 때는 내가 이 길을 잘 선택한 것인지에 대한 의문을 가지기도 했습니다. 그럴 때마다 천문학자는 다른 누가 아닌 나 스스로 선택한 길이었다는 것을 상기하며 이겨 내곤 했습니다.

어린 시절부터 우주와 관련된 모든 것을 좋아해서 자연스럽게 SF 소설, 드라마, 영화에 관심이 많습니다. '스타워즈' 시리즈 이외에도 '스타트렉' 시리즈는 빠짐없이 챙겨 보았고, 〈인터스텔라〉, 〈마션〉, 〈컨택트〉, 〈블레이드 러너 2049〉, 〈퍼스트 맨〉 등의 영화가 기억에 남습니다. SF 소설도 기회가 닿는 대로 읽는 편입니다. 〈블레이드 러너〉의 모티브가 된 《안드로이드는 전기양을 꿈꾸는가?》을 관심 깊게 읽고 본격적으로 SF 소설을 탐독하기 시작했습니다. 요즘 많은 인기를 누리고 있는 류츠신의 《삼체》 시리즈를 읽고 시공간을 뛰어넘는 세계관에 감탄했고, 앤디 위어의 명작인 《프젝트 헤일메리》는 너무 재미있어서 세 번 완독했습니다. 최근에는 블레이크 크라우치의 《업그레이드》, 《30일의 밤》을 무척 재미있게 읽었습니다.

  우주 관련 일을 하며 SF 소설, 영화 등을 통해 많은 영감을 얻으며 오랫동안 공부해 온 천문학이지만, 다시금 새로운 흥미를 느끼기도 합니다. 과학적인 사고를 하는 것을 넘어 한 번도 상상해보지 못한 세계관의 발현 또한 이 매체를 통해 이루어지고, 그렇기에 과학자를 꿈꾸는 이들에게 SF 분야를 지속적으로 접하는 것은 필수적이라고 생각해 봅니다. 〈벙커 K〉를 읽는 우주에 관심이 많은 어린이, 청소년 여러분도 SF를 끊임없이 접하며 꿈을 키워 가시기를 바랍니다.

손상모 박사님은요,

한국천문연구원 위촉 선임연구원, 연세대학교 연구교수로 일하다 2009년부터 현재까지 제임스웹 우주망원경 광학팀에서 일하고 있어요. 10개 이상의 허블우주망원경 프로젝트의 연구책임자(PI)를 맡았고, 50편 이상의 관련 SCI급 논문을 게재하였지요. SCI(Science Citation Index)급 논문은 세계적으로 학술적 기여도가 높은 학술지를 선정해 얼마나 인용되는지를 데이터베이스화한 것이에요. 따라서 SCI에 등록된 학술지라는 건 세계적으로 인정받은 연구라는 것을 의미해요. 특히 2012년 <천제물리학저널>에 주저자로 게재된 '우리은하와 안드로메다은하의 충돌 예측' 논문은 NASA의 Science Update에 선정되어 유례없는 생방송 기자회견을 진행하였고, 2016년 영국 BBC 방송사의 과학 다큐멘터리 프로그램인 '호라이즌'에 출연하기도 했지요. 국내에서는 2023년 8월에 '유 퀴즈 온 더 블럭'에 출연했고, '안될과학', '삼프로TV-언더스탠딩'과 같은 과학 유튜브에 출연하기도 했습니다.

>> 언급된 SF 작품들

책
《안드로이드는 전기양을 꿈꾸는가?》 필립 K. 딕 저 · 박중서 역 · 폴라북스 · 2013
《삼체》 류츠신 저 · 이현아 역 · 자음과모음 · 2022
《프로젝트 헤일메리》 앤디 위어 저 · 강동혁 역 · 알에이치코리아(RHK) · 2021
《30일의 밤》 블레이크 크라우치 저 · 이은주 역 · 푸른숲 · 2022
《업그레이드》 블레이크 크라우치 저 · 2022 (국내 미출간)

영화
〈스타워즈〉 시리즈 조지 루카스 감독 외 · 미국 · 1977~현재
〈스타트렉〉 시리즈 로버트 와이즈 감독 외 · 미국 · 1979~2013
〈인터스텔라〉 크리스토퍼 놀란 감독 · 미국 · 2014
〈마션〉 리들리 스콧 감독 · 미국 · 2015
〈컨택트〉 드니 빌뇌브 감독 · 미국 · 2016
〈블레이드 러너 2049〉 리들리 스콧 감독 · 미국 · 2017
〈퍼스트 맨〉 데이미언 셔젤 감독 · 미국 · 2018

진짜 컵봇을 찾아라!

지난번 큐브걸을 잔뜩 복제시켰던 기계가 또 말썽이네!! 이번에는 컵봇이 무한 복제가 되어버렸다!
다행히 완벽한 복제품은 3대밖에 없다. 원상 복귀 시켜줄 수 있도록 완벽히 같은 3대를 찾아보자!

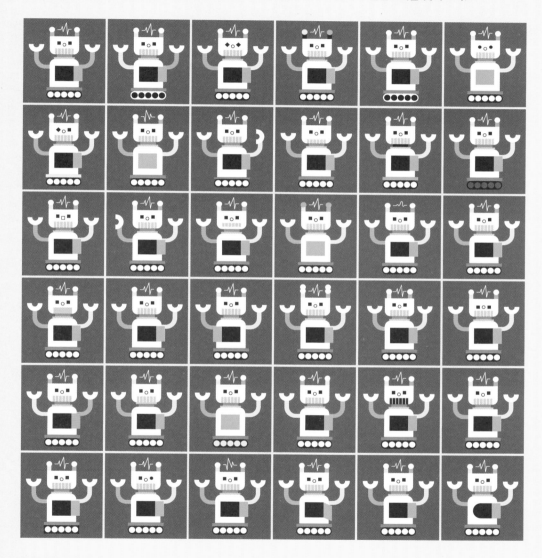

[컵봇 구별 가이드]
- 굉장히 다양한 도형들이 결합되어 있다. 모서리 하나하나 신경 써서 찾아보자!
- 알록달록 색깔과 '찌지직-' 전파 신호의 형태도 완전히 똑같아야 한다!

우주와 나 사이   ⓒ정재은

우주로 가자. 일단 가 보자. 그런데 뭘 타고 갈까? 뭘 갖고 가야 할까?

혹시 지구의 중력을 벗어날 탈출 속도, 우주 방사선을 막아낼 수 있는 우주선, 몸을 보호할 우주복 등등을 떠올리고 있는지? 외계생명체를 만날지도 몰라서 겁이 나는지? 우주 식량으로 밤양갱도 있을지 찾아보고 있지는 않은지? 다 귀찮으니까, 그리고 지구도 우주의 일부니까, 그냥 지구에서 게임이나 하겠다는 생각이 드는지?

생각하면 할수록 우주로 갈 수 없는 이유는 많고도 많다. 평범한 우리에게는 고개를 들어 하늘을 바라볼 시간도 없고(게다가 거북목이라 고개 들기도 힘들다!), 우주선도, 우주복도 없다.

"아빠, 달에 가고 싶어요." 내가 말했다.

"그러렴." 아빠는 대답하고 다시 책으로 눈을 돌렸다.

로버트 A. 하인라인 《우주복 있음, 출장 가능》 중에서

《우주복 있음, 출장 가능》의 달에 가고 싶어 하는 주인공 킵은 어느 날 비누 표어 공모 참가상으로 중고 우주복을 받는다. 물론 우주복이 생겼다고 당장 우주로 나갈 수 있는 것은 아니었다. 킵이 받은 우주복에는 공기통도 없었고 허술하고 불편했다. 그러나 킵은 이 우주복을 현금으로 바꿔버리는 대신 제대로 작동하게 만들겠다고 결심하고 여기저기를 손본다. 그것은 킵이 우주로 향하게 되는 첫걸음이었다.

《우주복 있음, 출장 가능》이 쓰여진 1958년은 미국과 소련이 우주 개발을 막 시작하던 때로, 인류가 달에 착륙하기 10년 전이다. 이야기 속의 우주복 묘사는 상당히 구체적이다. 지구가 아닌 우주 공간에서 호흡을 가능하게 하며, 기압과 온도를 조절해 주고, 각종 우주 입자와 방사선으로부터 몸을 보호해 주는 우주복은 매우 중요하니까.

그런데 우주를 배경으로 하는 모든 이야기 속 주인공들이 우주복을 제대로 갖춰 입지는 않는다. 애니메이션 〈은하철도 999〉의 철이와 메텔을 떠올려 보자. 철이는 챙 넓은 모자와 갈색 망토 복장으로 (갈아입지도 않은 채로) 열차를 타고 우주 방방곡곡을 돌아다닌다. 메텔은 검은 코트와 검은 모자 차림으로, 다리까지 얌전하게 자라난 긴 머리카락이 특징이다. 열차 안에서도, 낯선 행성에 내려서도 메텔의 헤어스타일은 그대로인 걸 보면, '은하철도 999'에는 우주복 없이도 중력과 공기가 조절되는 강력한 장치가 있는지도 모르겠다.

"이 기차는 말이야, 은하철도를 달리고 있어."

미야자와 겐지 《은하철도의 밤》 중에서

〈은하철도 999〉의 원작으로 알려진 《은하철도의 밤》에서 별을 바라보던 조반니는 갑작스레 기차에 타게 되는데, 미리 타고 있던 캄파넬라가 기차가 은하철도를 달리는 기차라고 알려준다. 조반니는 그렇게 다짜고짜 하게 된 은하수 여행을 자연스럽게 받아들인다. 《은하철도의 밤》의 첫 원고가 쓰여진 게 1924년이라고 하니 지금부터 딱 백 년 전이다.

지금의 우리는 어떨까? 어느 날 갑자기 우주복이 생긴다면, 내 앞에 은하철도 정류장이 생긴다면, 우주선과 우주복은 안전한지, 우주에서 시간은 어떻게 흐를지, 밥은 어디서 먹을지 걱정하지 않은 채 다짜고짜 우주로 갈 수 있을까? 지금의 우주와 나 사이엔 뭐가 있을까? 앞으로 우주와 나 사이엔 뭐가 생길까? 첨단 과학기술? 상상? 새로운 이야기? 그것이 무엇이든, 우주와 나 사이를 가로막는 것이 아니기를!

우주로 가자. 현실에서든 이야기 속에서든 "그러렴." 하며 서로를 응원하며, 일단 가 보자.

정재은
SF동화작가. SF 좋아하는 사람들과 SF 얘기하기를 즐긴다. 동화집 《내 여자 친구의 다리》, 《슬이는 돌아올 거래》(공저) 등을 썼다.

**다양한 미디어를 통해 SF 정보를 전달하고
행성 간 네트워크를 연결하는 방송국**

벙커라디오 DJ 싱크와 함께하는 SF 음악

벙커타임즈 사이언스 픽션 이슈들을 한번에!

벙커피디아 우리 모두의 SF 용어사전

쓱싹 통신 독자 리뷰 | 십자말 풀이

에디터 레터 바야흐로 지금은 우주시대!

BUNKER CHANNEL K

BUNKER 라디오

DJ 싱크와 함께하는 SF 무선

> 안녕하세요! 벙커라디오 DJ '싱크'입니다. 오늘도 벙커 K 연구소 곳곳에 음악을 전파해 드리죠!

에스파 - Supernova (2024)

벙커 라디오의 첫 곡은 에스파의 'Supernova'입니다. 앨범 아마겟돈 타이틀 곡 중 하나로 많은 사랑을 받은 노래지요. 에스파는 가상 현실과 실제 멤버들이 공존하는 독창적인 세계관을 바탕으로 활동을 하고 있는데요. 9월에는 버추얼 아티스트인 나이비스(Naevis)가 공식 데뷔했습니다. 'Su Su Su Supernova' 라는 중독적인 가사가 우주를 떠올리게 하는군요. 여러분도 함께 들어보시죠!

*슈퍼노바(Supernova, 초신성) : 슈퍼노바는 천문학 용어예요. 별이 폭발하면서 엄청난 에너지를 방출하는 현상을 말하는데, 이 과정에서 별은 아주 밝게 빛난답니다. 에스파의 슈퍼노바에서는 다른 차원의 문이 열리는 사건의 시작을 표현했다고 하네요.

나이비스 - Done (2024)

에스파에 이어 버추얼 아티스트인 나이비스(Naevis)를 소개해 볼까요? 나이비스는 메타버스 세계에서 에스파를 돕는 조력자 역할로 등장했었습니다. 그런데 가상세계와 현실세계를 오가는 능력을 갖춘 나이비스가 드디어 현실세계에서 데뷔를 했답니다. 지금까지 다양한 버추얼 아티스트가 있었지만, 한층 부드러운 동작과 뛰어난 그래픽이 돋보이는 나이비스의 활약이 기대됩니다.

*버추얼 아티스트 : '버추얼(virtual)'은 '가상'이라는 뜻으로, 버추얼 아이돌은 간단히 말해 '가상의 캐릭터로 활동하는 아이돌'을 말합니다. 춤과 노래는 사람이 하지만, 실제 모습을 공개하지 않고 VR(가상현실)을 이용해 캐릭터를 앞세워 활동합니다. 메타버스와 K팝이 '버추얼 아이돌'이란 형태로 연결된 것이라고 할 수 있지요

오쿠 하나코 - 변하지 않는 것(変わらないもの) (2006)

이번 곡은 애니메이션 〈시간을 달리는 소녀〉의 OST입니다. 2006년 작품이지만 잔잔하고 좋은 멜로디로 많은 영상들에 사용되고, 커버곡도 많이 나오며 지금까지도 사랑받고 있는 곡이지요. 영화를 보고 노래를 들어보면 더욱 매력적인 곡이랍니다.

"Time waits for no one."
(시간은 아무도 기다려주지 않아.)

〈시간을 달리는 소녀〉의 명대사를 생각하며 곡을 감상해 보세요. 참, 이 작품은 〈벙커 1호〉 'SF 탐구생활' 코너에서도 소개되었답니다.

*〈시간을 달리는 소녀〉 : 호소다 마모루가 츠츠이 야스타카의 소설 《시간을 달리는 소녀》를 원작으로 제작한 애니메이션. 애니메이션은 원작의 약 20년 후의 이야기로 시간을 이동하는 능력인 타임리프(time leap)를 다루고 있습니다.

E.T. OST - Flying (1982)

자, 아주 오래된 SF 영화음악을 한 곡 소개해 볼까요? 스티븐 스필버그 감독의 SF 영화 〈E.T.〉를 알고 있는 친구들이 있을지 모르겠네요. 홀로 지구에 남게 된 외계인 E.T.와 아이들과의 우정어린 교류를 그린 SF 영화랍니다. 스필버그의 오랜 파트너인 존 윌리엄스가 음악을 맡았는데, 〈E.T.〉의 OST는 영화 음악을 등장인물들의 심리에 잘 맞춘 예로 유명해요. 영화 속에서 E.T.가 아이들과 있을 때, 정부 기관 인물들과 있을 때, 서로 분위기가 다른 특정한 음악이 흐르며 인물들의 심리 상태에 맞춰 곡의 흐름이 분주하게 바뀐답니다. 아카데미 시상식에서 음악상을 받았으니 다른 곡들도 찾아 들어볼 만하겠지요?

사이언스 픽션 이슈들을 한번에, **벙커타임즈**

BUNKER TIMES

우주로 떠난 벙커 K 요원들, 태양풍을 조심하라!

벙커 K 요원들이 드디어 우주로 떠났다! 지구의 평화를 위해 SF 파워 에너지를 더 많이 수집하기 위한 노력의 일환이다. 안전하고 성공적인 우주탐사를 위해 요원들은 우주환경을 반드시 고려해야 한다. 태양 활동은 11년 주기로 가장 활발한 '극대기'와 가장 잠잠한 '극소기'로 나뉘는데, 이번 극대기는 2024~2027년으로 예상하기 때문이다.

태양이 격렬하게 폭발하거나 플라스마(전하를 띤 입자)를 우주 공간으로 방출하면 태양풍이 발생한다. 지구 자기권에 영향을 미치는 태양풍은 일반적으로 북극과 남극 근처에서 볼 수 있는 웅장한 오로라를 유발하는 원인이다. (아름답게만 생각했을 것이다.) 어떤 경우에는 우주의 위성부터 바다의 선박 통신, 육지의 전력망에 이르기까지 모든 것을 방해하는 우주 날씨 폭풍을 일으킬 수도 있다. 태양이 재채기하면 지구가 감기에 걸리는 것과 같다고 볼 수 있다.

알아두면 쓸모있는

'스페이스 웨더(Space Weather)'는 지구에 영향을 주는 '우주환경'을 통칭하는 말이다. 위성을 이용하여 우주환경을 측정하기 시작한 1950년대 후반에 처음 사용되었는데, 잠시 뜸하다가 1990년대에 이르러 일상생활에 점차 많은 영향을 미치면서 다시 관심을 받고 있다.

구글의 뉴럴 GCM, 1년 후 날씨 예측 가능할까?

"어휴… 비가 언제 올지 모르니 우산을 두고 나갈 수가 없네, 무겁게."

장마철에 접어들어 시도 때도 없이 비가 내리고 있다. 최근 들어 더욱 강화된 국지성 호우(특정 지역에 집중적으로 많이 내리는 비)와 시시각각 빠르게 변화하는 날씨로 인해 일기예보를 보고도 불안한 요즘이다. 그런데 이러한 불안감을 덜고 장마철에 아주 유용하게 사용할 수 있는 AI 시뮬레이터를 개발 중이라는 소식이다. 바로 구글의 AI 조직 '딥마인드'에서 개발한 '뉴럴 GCM(NeuralGCM)'이다.

구글 딥마인드는 2024년 7월 22일, 과학 저널 네이처에 '뉴럴 GCM'이라는 이름으로 이 시뮬레이터를 소개하는 논문을 게재했다. 복잡한 방정식을 사용하여 날씨를 예측하는 예전 방식에 AI가 수년간의 과거 데이터를 학습해 예측하는 방식을 더한 것이다. 실행 속도가 느리고 비용이 많이 드는 기존 방식의 단점과 빠르고 효율적이지만 장기적인 예측이 어려운 AI의 단점을 서로 보완한 것이다. 현재 연구진을 뉴럴 GCM을 통해 1년 후 허리케인을 예측하는 기능도 개발하고 있다고 밝혔다. 정확성을 높인 AI 날씨 시뮬레이터가 미래의 우리 삶을 어떻게 바꾸어 놓을지 기대해 보자.

태양흑점 폭발 1단계 경보 발생

우주항공청 우주환경센터는 9월 23일 06시 29분, 태양흑점 폭발 '1단계 경보' 상황 발생을 알렸다가 07시 33분 태양흑점 폭발 '영향 없음'으로 경보 상황을 종료했다. 태양의 활동이 활발해지면 표면의 흑점에서 강력한 폭발(플레어)이 발생한다. 핵폭탄 수백만 개가 동시에 터지는 에너지가 한꺼번에 쏟아져 나오는 것이다. 막대한 양의 고에너지 물질과 빛이 지구로 유입되면 지구 환경에 큰 변화가 발생한다. 태양흑점 폭발이 빈번해지고 있으므로, 앞으로도 피해를 보지 않도록 주의를 기울여야 할 것이다.

BUNKER TIMES

일론 머스크의 스페이스X, 민간인 최초 우주 유영 성공!

2020년 최초의 민간 유인 우주선을 개발한 미국의 우주기업 스페이스X가 9월 10일 오후 7시 23분, 사상 첫 민간인 우주 유영을 위한 우주선 '크루 드래건'을 미국항공우주국(NASA) 케네디우주센터에서 발사했다. 이 우주선은 이후 12일 오후 7시 50분경에 고도 700km에서 우주 유영에 성공했다. 바야흐로 인류 역사상 최고 고도의 유인 비행이 성공한 것이다.

일론 머스크가 이끄는 스페이스X의 이번 프로젝트는 '폴라리스 던(Polaris dawn; Polaris는 북극성이란 뜻)'으로 유인 우주 탐사가 목표였다. 억만장자이자 항공기 조종사인 재러드 아이작먼이 지원하는 민간 우주비행 프로젝트로, 아이작먼과 퇴역 공군 조종사 스콧 키드 포티, 스페이스X의 여성 엔지니어 세라 길리스, 애나 메논 등 4명이 참여했다.

민간 우주비행사 4명 중 2명은 스페이스X가 새로 개발한 우주선 외부 활동(EVA) 전용 우주복을 입고 700㎞ 고도에서 줄에 묶인 채 우주 공간에 나가 유영하는 실험을 했다.

NASA 등 정부 기관에 소속된 전문 우주비행사가 아닌 민간인의 우주 유영 시도는 이번이 처음이다. 아이작먼과 길리스가 이 역할을 맡았으며, 나머지 2명은 우주선 안에서 산소와 전력을 관리하고 제대로 작동하고 있는지 검토하는 역할을 맡았다. 이 밖에도 이들은 우주 공간에서 36가지의 연구와 실험을 수행하고 스타링크 위성을 통한 레이저 기반 통신도 시도할 예정이다. 이번 임무 성공은 민간인들의 우주 관광 범위를 우주 유영까지 확대할 수 있다는 가능성을 보여주었다.

폴라리스 던 팀원이 우주 유영을 하는 상상도. 실제 팀의 리더 재러드 아이작먼과 엔지니어인 세라 길리스가 이 같은 방식으로 우주 유영을 했다.(사진 ⓒ 폴라리스 던)

BIAF 2024, 순수의 시대 SF 애니메이션 특별전 공개

제26회 부천국제애니메이션페스티벌(BIAF 2024)이 '순수의 시대 : SF 애니메이션 (4K)' 특별전을 준비했다. 인간의 정체성을 깊이 사유하는 장편 애니메이션으로, 1987~1995년까지의 작품들이다. 10월 25~29일까지 5일 동안 진행된다. 〈왕립우주군〉(야마가 히로유키, 1987), 〈기동전사 건담 역습의 샤아〉(토미노 요시유키, 1988), 〈아키라〉(오토모 가츠히로, 1988), 〈기동전사 건담 F91〉(토미노 요시유키, 1991), 〈공각기동대〉(오시이 마모루, 1995) 등이 상영되니 시간표를 꼭 챙겨보기 바란다. (홈페이지 https://www.biaf.or.kr)

〈수퍼소닉 3〉, 드디어 개봉 예정!

〈수퍼소닉 3〉이 개봉된다는 소식이다. '수퍼소닉' 시리즈는 게임 '소닉 더 헤지혹'을 실사 영화화한 작품이다. 게임의 캐릭터와 세계관을 재창조하여, 미국을 배경으로 외계에서 온 초음속 고슴도치 소닉과 인간 경찰관 톰의 우정 그리고 미치광이 과학자 닥터 에그맨과의 대결을 그리고 있다. 팀 밀러가 제작 총지휘를 맡았으며 제프 파울러 감독이 메가폰을 잡았다. 미국, 일본, 캐나다 3개국 합작 영화로 제작된 이 영화는 기본적으로 CG 애니메이션과 실사 촬영을 병행하는 하이브리드 영화다. 2편의 쿠키 영상을 보면 섀도우 더 헤지혹의 등장이 예견되면서 3편에 새로운 빌런 탄생할 것으로 보인다. 로버트닉 박사를 연기했던 짐 캐리가 은퇴를 선언하여 보지 못할 거라는 아쉬움이 있었지만, 올해 초 〈수퍼소닉 3〉의 출연을 확정했다.

우주여행을 하려면 비용이 얼마나 들까?

누구든 마음만 먹으면 우주여행을 떠날 수 있을까? 최초의 우주 유영은 성공했지만, 누구나 우주여행을 할 수는 없다. 바로 비용 때문이다. 우주를 여행하는 비용은 얼마나 될까? 최초로 민간 우주여행을 다녀온 사람은 2001년에 우주여행을 한 캘리포니아의 부호 데니스 티토이다. 데니스 티토는 우주여행비를 직접 밝히지는 않았지만 최소 2,000달러(약 266억 원)를 낸 것으로 알려졌다. 2022년 민간인 4명만으로 구성된 팀이 처음 우주여행을 떠났을 때에는 총 여행 기간 10일에 1인당 왕복 여행 요금이 5,500달러(당시 환율로 약 615억 원)가 들었다고 한다. 여기에 우주정거장 체류 기간 동안 1인당 식사비, 통신 비용으로 하루 3만 5천 달러(약 3,900만 원)의 비용을 더 내야 한다. 4인의 숙박 비용만 100만 달러(약 11억 원)가 넘는다. 천문학적인 비용이므로 당연히 최상류층 사업가들이 다녀왔다. 약 700억 가까이 드는 비용을 감수하고 우주여행을 떠날 사람이 있을까?

SF 문학상 네뷸러상(Nebula Award)

미국 SF 판타지 작가 협회(SFWA)가 지난 2년 동안 미국 내에서 출판 및 발표된 SF 작품을 대상으로 매년 수여하는 문학상이다. 수상자에게는 내부에 성운(네뷸러) 모양이 담긴 투명한 트로피가 주어진다. 휴고상과 함께 권위 있는 SF 문학상 중 하나이다. 네뷸러상은 SFWA 소속의 작가, 편집자, 비평가 등 SF 전문가들이 선출하는 상으로, 같은 작품이 네뷸러상과 휴고상을 동시 수상하는 일도 적지 않다. 그런 작품을 '더블 크라운'이라고 한다. 더블 크라운을 받은 작품은 대중과 평론가를 모두 만족시킨 레전드 SF로 평가받는다.

벙커 K 우주복 디자인 콘테스트!
나만의 개성을 살린 지구인용 우주복 디자인을 보내 주세요.
#기능성 #독창성 #패션 #이제우주패션시대

- **접수 기간** : 2024년 11월 말까지
- **참가 자격** : 지구인이라면 누구나 가능
- **내용** : 앞, 뒤 디자인과 옷에 대한 설명 첨부
- **참조** : AI를 활용한 디자인은 응모 불가
- **접수 방법** : reddot2019@naver.com
- **수상자 발표** : 벙커 K 2024년 겨울호(3호)
- **시상** : 2025년 1월 중(개별 통보)

우리 모두의 SF 용어사전, **벙커피디아**

Bunkerpedia

BUNKERPEDIA

유니버스(universe) → 세계관

「1」 무한한 시간과 만물을 포함하고 있는 끝없는 공간의 총체. 천문학에서는 모든 천체, 모든 물질과 복사가 존재할 수 있는 모든 공간을 뜻한다.

「2」 '넓은 의미의 우주'이다. 삼라만상을 포함한 이 우주 전체를 말하며, 지구와 그 위의 인간도 포함한다. 물리학에서 '우주'라 하면 보통 '유니버스'를 의미한다. 이 경우 '세계, 세상'과 의미가 같다고 볼 수 있다.

「3」 다양한 콘텐츠에서 이야기가 펼쳐지는 가상의 세계(fictional universe), 또는 그 세계의 이모저모에 대한 일련의 설정을 일컫는 말로 쓰인다. 흔히 '세계관'이라고 칭한다.

멀티버스(multiverse)

「1」 멀티(multi, 다중)+유니버스(universe)의 합성어로 '다중우주'를 뜻한다. 즉, 여러 개의 세계가 존재한다는 뜻이다.

「2」 우리가 있는 우주의 크기가 공간적으로 무한하거나 충분히 크다면 '우리가 관측할 수 있는 우주'의 모습과 비슷하거나 같은 모습을 가진 또 다른 우주가 존재할 것이다.

메타버스(metaverse)

가상, 초월을 의미하는 '메타(meta)'와 세계, 우주를 의미하는 '유니버스(universe)'를 합성한 신조어. 가상현실, 증강현실을 결합한 상위 개념으로서 현실을 디지털 기반의 가상 세계로 확장해 가상 공간에서 모든 활동을 할 수 있게 만드는 시스템이다.

스페이스(space)

「1」 '좁은 의미의 우주'이다. 보통은 지구 대기권 바깥의 공간을 말한다. 가령 우주 비행사가 활동하는 우주는 '유니버스'가 아닌 '스페이스'다. 천문학이나 항공우주공학에서 '우주'라 하면 보통 '스페이스'를 의미하며, 특히 항공우주공학에서 말하는 '스페이스'는 그중에서도 보통 지구 궤도 근처나 태양계 내로 한정된다.

「2」 '공간'이라는 뜻의 일반명사이기도 하다.

어떤 용어든 알려 줄게.

인터스텔라(interstellar)

'~중간의', '사이의'를 뜻하는 'inter-'와 '별의'라는 뜻의 'stellar'의 합성어로 '항성 간의, 성간의'라는 의미이다. '인터스텔라 스페이스(interstellar space)'는 '성간우주'로, 태양계 밖의 별과 별 사이의 우주를 가리킨다. 어디까지가 태양계의 끝이며 어디부터 성간우주인지는 여러 기준이 있으나, 일반적으로 오르트 구름 혹은 카이퍼 벨트 바깥부터 성간우주라고 한다.

코스모스(cosmos)

「1」 그리스어에서 온 말로 '질서'를 의미하며 '혼돈'을 뜻하는 카오스(chaos)의 반대말이다. '우주의 본질', '카오스와 대비되는 질서' 등 철학적·관념적인 의미를 내포한다.

「2」 우주를 표현하는 말은 표현에 따라 미묘한 차이가 있다. '스페이스'는 탐사 가능한 우주 등 과학적인 개념, '유니버스'는 태양계를 초월한 '대우주'나 '우주 만물'의 의미, '코스모스'는 우주 자체보다는 '우주의 질서'나 '카오스'와 대비되는 개념을 더 강조한다.

테라포밍(terraforming)

「1」 우주 개척 중 지구 외 다른 천체에 지구의 환경과 생태계를 인위적으로 조성하여 지구 생물이 원활하게 살 수 있도록 만드는 것이다. 어원은 terra(땅, 지구)+forming(form: 형성하다)이다.

「2」 여러 행성 중 '화성 테라포밍'이 가장 진지하게 탐구되고 있다. 대기를 지구와 같이 조성하고, 물을 만들고, 기온을 높이고, 식물을 심은 다음, 화성을 탐험하여 문제점을 파악하여 해결하는 것이 주요 과정이다. 이 과정이 끝나면 식민지를 건설할 수 있다. 하지만 결정적으로 지구와 같은 자기장과 오존층이 없어서 이를 해결하는 방법을 여전히 연구 중이다.

우주 조약

달과 기타 천체를 포함한 외기권의 탐색과 이용에 있어서 국가 활동을 규율하는 원칙에 관한 조약으로 국제우주법에 기초한 조약이다. 주요 내용은 '외기권의 탐색과 이용의 자유', '영유권 주장 금지', '평화이용 원칙', '국가에 대한 책임집중 원칙' 등이다. 우리나라는 1967년 10월 13일에 서명하였다.

독자와 벙커 K의 **쌍방향** 네트워크

쓱싹 통신

영원을 산다는 것
책《오백 년째 열다섯》을 읽고

오은서(신석초 5학년)

"나는 너를 만나 또 새로운 삶을 살았고, 그 시간이 더없이 좋았어."

오백 년을 열다섯으로 살아온 여자아이, 서희가 한 말이다. 사람이 어떻게 오백 년이라는 긴 시간 동안 살아남을 수 있었을까? 이런 궁금증을 가지고 이 책의 첫 페이지를 펼쳤다. K 판타지와 전설이 만나 이루어낸 아름다운 이야기는 하나의 질문을 던진다. "영원을 산다는 것은 축복일까, 저주일까?"

어느 겨울날, 서희는 덫에 걸린 여우를 발견했다. 아름다우면서도 신비로운 여우. 서희는 이 여우에 홀려 여우를 살려 주었다. 이 여우의 정체는 령, 야호의 시작이자 우두머리이다. 아주 오래전 월식이 시작되는 순간, 하늘에서 구슬 하나가 내려왔고 령은 그걸 삼켰다. 환웅이 주문을 외우자 령의 온몸에 붉은 기운이 맴돌았다. 령이 다시 눈을 떴을 때, 령은 사람이 된 일족들을 볼 수 있었다. 야호족이 된 여우들은 사람이나 신비로운 생명체로 자유롭게 둔갑할 수 있었다. 그들에게는 한 번 입은 은혜는 절대 잊지 않는다는 철칙이 있다. 훗날, 령은 자신을 살려준 서희네 삼대(할머니, 엄마, 서희) 모녀를 살리기 위해 그들을 야호로 만들었다. 야호가 된 이후, 서희는 끝나지 않는 삶을 살게 된다. 시간이 흘러 서희는 가을이라는 새로운 이름으로 중학교에 전학가게 된다.

가을은 학교에서 조용히 지내기로 마음먹는다. 하지만 같은 반 짝꿍 신우가 좋아지기 시작하면서 마음이 흔들린다. 어느 날, 가을은 신우를 집에 초대하여 저녁 식사를 함께한다. 그런데 신우는 우연히 가을의 할머니가 둔갑하는 것을 보게 된다. 가을은 이제 또 하나의 친구를 잃었다고 생각하며 절망한다. 하지만 신우는 평소처럼 가을이를 대해주고, 생일을 맞아 자그마한 선물을 준비한다.

"네가 야호든 뭐든 상관없어. 가을이 너는 그대로 너니까!"

가을은 신우가 정성 들여 쓴 카드에서 신우의 마음을 고스란히 느꼈다. 가을의 할머니가 그랬다. 좋아하는 마음을 없앨 수 없으니 처음부터 인간에게 마음을 주지 말라고. 하지만 그걸 따르는 건 어려운 일이었다. 마음이 흔들리고 움직이는데, 어떻게 그럴 수 있을까? 가을은 카드를 꼭 움켜쥔 채 울었다.

한편, 령이 가진 최초의 구슬을 노리는 호랑족과 야호족 사이에 구슬 전쟁이 일어난다. 구슬은 500년마다 새롭게 생성되는데, 이 시기에 전쟁이 벌어진 것이다. 령은 이 강력한 구슬을 가을이게 맡겼다.

그러던 어느 날, 가을은 엄마를 통해 령의 죽음을 알게 된다. 가을은 령을 위해 구슬전쟁에 참여한다. 구슬의 힘을 이용해 호랑족을 공격하기 위해서 가을은 수만 번 연습하고, 또 연습했다. 가을은 령을 위해, 모두를 위해 싸웠다. 야호들은 그제야 왜 령이 가을은 선택했는지 깨달았다. 우연이 아니라 운명이였다. 구슬전쟁은 막을 내렸다.

오백 년을 열다섯으로 살아온 야호 서희의 이야기를 읽고 많은 감정이 들었다. 우리는 한 번뿐인 인생을 살아가지만, 야호들은 영원을 살아간다. 하지만 야호들은 그만큼 많은 이별과 운명의 무게, 삶에 대한 회의를 겪어야 한다. 어쩌면 우리가 사는 세상에도 가을이 숨어 있을지 모른다. 가을이 한 말을 끝으로 책을 덮는다. "돌이켜 보면 같은 삶은 없었다. 새로운 인연을 만나면 새로운 삶이 시작되었다!"

제1회 벙커 K <쓱싹 SF> SF 초단편 독자 공모전

· 접수 기간 : 2024년 11월 말   · 참가 자격 : 지구인이면 누구나 가능
· 접수 방법 : 이메일 reddot2019@naver.com / AI로 쓴 글은 응모 불가
· 수상자 발표 : 벙커 K 2024년 겨울호(3호)
· 시상 : 벙커 K 2025년 봄호(4호)에 작품 수록 및 소정의 상품과 원고료 지급

헤베시가 진짜 존재한다면

책《우주의 집》중「실험도시 17」을 읽고

김하늘(세종초 5학년)

이 책은 많은 실험도시 중 한 도시를 배경으로 하는 이야기다. 실험도시 17, 헤베시는 거주가 합격된 인물들만 살 수 있는 도시이다. 이들은 진짜 나이를 증명하는 색색의 뱃지를 달고 있지만, 뇌에 칩을 심어 평생 17세의 나이로 살게 된다. 주인공 역시 이 도시의 사람들을 모두 영락없는 17세로 느낀다. 반면 자신이 늘 믿고 의지하던 어른이 없어서 뭔가 낯선 느낌을 받는다. 그렇게 살아가던 중 누군가가 백발의 노인을 봤다고 주장한다. 하지만 사람들은 이 완벽한 실험도시 17에서 그런 일이 일어날 리 없다고 생각하고 그냥 농담 정도로 여긴다. 그러다 며칠 뒤, 다시 그 백발의 노인이 나타났다는 소식이 들린다. 실험도시 17의 방송국은 결국 백발의 노인을 찾아 나서고, 그 백발의 노인을 찾는 데 성공한다. 백발의 노인을 취재한 결과 그 노인은 실험도시 17에서 나타난 부작용자였다. 그 노인은 자신 말고 또 다른 부작용자가 있다고 말한다.

이 책의 줄거리는 대강 이렇다. 나는 이 책을 읽고 만약 헤베시가 진짜 존재한다면 어떨까? 하고 생각해 보았다. 사람들은 모두 실험도시 17, 그러니까 헤베시에 들어가기 위해 노력할 거고, 점점 내 주위에 있는 모두를 경쟁자라고 생각할 것이다. 만약 내가 헤베시에 들어갈 기회가 있다면 나는 들어가지 않을 것이다. 헤베시에 들어간다면 진짜 중요한 것이 무엇인지 생각하지 못할 것 같아서이다. 헤베시를 들어가기 위한 테스트를 통과했더라도 나 혼자 들어가야지, 가족들, 친척들 모두를 데리고

들어갈 수 있는 게 아니다. 사람들은 주변 사람들이 하나둘씩 헤베시에 들어갈수록 헤베시에 집착할 테고, 진짜 중요한 게 무엇인지 잊을 것이다. 이뿐만 아니라 헤베시에 들어가려고 죽기 살기로 공부했는데, 정작 헤베시에 들어가지 못하면 계속 화가 날 것이고, 자연스럽게 신경이 예민해져 주변 사람들에게 짜증 내고 사소한 것에도 화를 참지 못하게 될 것이다. 점점 세상과 멀어져 다양한 질병과 합병증을 유발할 수 있다. 하지만 이건 어디까지나 나의 상상이다. 안 그럴 수도 있지만, 그래도 나는 꽤 현실적인 상상이라고 본다.

나는 이 책을 추천받아서 읽었는데 너무 재밌었다. 만약 기회가 된다면 읽어보길 추천한다. 「실험도시 17」을 읽고 가장 기억에 남는 부분은 백발의 노인이 나타났다는 점이다. 모두가 완벽하다고 생각하는 실험도시 17에서 이런 일이 일어나다니, 이 도시에서는 벌어질 수 없는, 벌어지면 안 되는 일이 일어난 것이다. 실험도시 17은 이 일로 사람들에게 많은 비난을 받았을 것이고, 여러 실험도시에 대한 신뢰 역시 크게 떨어졌을 것이다. 모두 들어가고 싶어 하고, 누구나 부러워하는 실험도시 17에서 부작용자가 나올 거라고 생각이나 했을까. 사람들은 실험도시에 대한 부정적인 감정을 갖게 되었을 것이고, 자신도 만약 실험도시에 들어가면 저런 일이 일어날 수도 있다는 생각에 테스트를 포기하는 사람들이 생겼을 것이다.

나는 실험도시 17에서 부적응자가 나온 걸 다행이라고 생각한다. 그나마 사람들이 실험도시에 들어가고 싶다는 생각과 실험도시에 대한 집착을 줄여준 거 같다고 생각해서이다. 이제 사람들은 실험도시에 대한 생각은 어느 순간 머릿속에서 지우고 원래의 모습으로 돌아가 있을 것이다.

이 책을 읽고 난 뒤 또 다른 SF 소설을 읽어보고 싶다는 생각이 처음으로 들었다. 너무 재미있는 소설이었다.

독자 리뷰

1 별이 폭발할 때 반지름이 극단적인 수축을 일으켜 밀도가 매우 증가하고 중력이 굉장히 커진 천체. 빛조차 빠져 나올 수 없어서 검게 보이며 뭐든지 빨아들이는 구멍

2 태양계 밖에서 태양 이외의 다른 항성(태양처럼 스스로 빛을 내는 천체) 주위를 도는 행성

3 천문학에서 사용하는 거리의 단위. 기호는 ly. 1ly= 약 9조 4,600억 km

4 루카스 필름이 제작한 미국 스페이스 오페라 장르의 대표적인 영화 시리즈. 영화 산업 뿐만 아니라 소설, 만화, 비디오게임 등 모든 문화 영역에 파고 들어 성공을 거둠.

5 다른 항성계로 이동하려는 목적을 가진 거대한 우주선. 우주선 내에서 승무원이 세대교체를 하며 운항함.

⬇ 세로 풀이

1 우주 공간에서 블랙홀과 화이트홀을 연결하는 통로를 의미하는 가상의 개념. 아인슈타인의 상대성이론을 바탕으로 함.

2 태양과 태양의 중력에 의해 태양 주변을 돌고 있는 지구를 비롯한 행성, 왜소행성, 혜성, 유성체 등의 천체로 이루어진 체계

3 화성과 목성 사이의 공간에 존재하는 소행성들. 거의 원형 궤도로 태양 주위를 돌고 있음.

4 우리가 살고 있는 우주 너머에 또 다른 우주가 존재한다는 이론

5 시공간을 일그러뜨려 4차원으로 두 점 사이의 거리를 단축시킴으로써, 광속보다도 빨리 멀리 있는 목적지에 도착하는 방법

<쓱싹 통신 MEMO>

① 벙커 K 우주복 디자인 콘테스트 (143쪽 참조)

② 제1회 <쓱싹 SF> SF 초단편 독자 공모전 (147쪽 참조)

③ 리뷰나 창작 작품은 물론 SF와 관련한 어떤 이야기라도 좋습니다. 함께 나누고 싶은 글이나 그림을 아래 이메일로 보내 주세요. 채택되어 작품이 실리는 분께는 문화상품권을 선물로 보내드립니다. 단, 모든 부문에서 AI를 이용해 쓰거나 그린 작품은 응모할 수 없습니다.

접수 이메일 : reddot2019@naver.com

퀴즈 정답 및 해설

➡ 123쪽 빙글빙글 놀이터 1

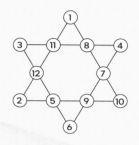

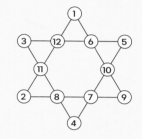

➡ 129쪽 빙글빙글 놀이터 2

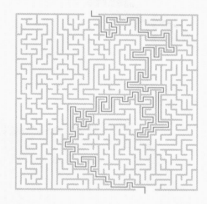

➡ 133쪽 빙글빙글 놀이터 3

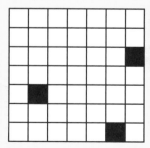

➡ 148쪽 십자말 풀이

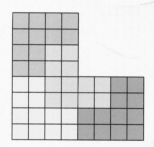

뒤집어 보면 정답이 보여요!

바야흐로 지금은 우주시대!

2022년 6월 21일, 나로우주센터에서 '누리호'의 2차 발사가 진행되었습니다. 그리고 인공위성을 계획된 궤도에 안착시키는 데 성공하지요. 2022년 12월 27일, 우리나라 최초의 달 탐사선인 '다누리'가 달 궤도 진입에 최종 성공했습니다. 그리고 2024년 5월 27일, 한국판 '나사(NASA)'라고 불리는 '우주항공청'이 공식 출범하면서 우리나라도 본격적으로 우주시대를 열었습니다.

우주는 눈에 보이지 않을 만큼 광활합니다. 그렇다면 어디부터가 우주일까요? 정확하게 지점을 정의할 수는 없지만, 지구의 대기가 끝나는 지점, 고도 100km부터는 우주라고 봅니다. 100킬로미터만 위로 올라가면 우주라니, 놀랍지 않나요? 맞아요. 우주는 그리 멀지 않습니다.
인류는 우주를 향해 점점 더 거침없이 나아가고 있습니다. 달에 발자국을 남겼고, 화성에 로봇을 보냈으며, 보이저 1, 2호는 태양계의 끝을 우리에게 보여 주었습니다. 민간인이 우주를 유영하는 시대가 열렸으니, 앞으로 우주는 본격적인 우리의 무대가 되겠지요.

오래전부터 인류는 하늘을 올려다보며 살았습니다. 하늘을 관찰하고, 우주를 향한 수많은 꿈을 꾸었지요. 우주 SF 작품 속에는 아주 오래 전의 꿈부터 우주시대가 열리기 시작한 지금, 또 앞으로 다가올 미래에 대한 상상 속 세계까지 우리를 둘러싼 모든 시간과 공간에 대한 이야기가 들어 있습니다. 우주선을 타고 수많은 행성과 은하 사이를 마음껏 누비기도 하고, 블랙홀과 화이트홀을 넘나들며 시간 이동을 하기도 하며, 우주 엘리베이터를 타고 다른 행성으로 여행가는 꿈을 꾸기도 합니다. 우주 SF 속에서는 모든 것이 가능할 것만 같습니다.
그렇게 상상 속에만 존재하던 우주가 이제 우리 앞으로 성큼 다가왔습니다. 바야흐로 지금은 우주시대! 이제는 우리 모두 우주를 다시 바라봐야 할 것 같습니다. 우리 삶의 터전이 될 우주의 평화와 안녕을 꾀하고, 함께 살아가고 공유하는 우주로 만들어가야 하니까요. 우주는 우리의 진짜 미래이기 때문입니다.

〈벙커 K〉 2호에서는 '우주'를 테마로 한 SF 작품과 미디어들을 살펴보았습니다. 이미 오래전부터 우주시대를 예견한 SF 작품들은 수없이 많았습니다. 우리는 SF를 통해 우주를 향한 질문과 대답을 계속해 나가게 될 것입니다. SF가 우주시대를 맞이하는 여러분에게 좋은 이정표가 되어주길 바랍니다.

벙커 K 매거진 편집부

BUNKER K

BUNKER K는 어린이와 청소년을 위한 SF 전문 매거진입니다.
정기구독을 신청하시면 편하게 벙커 K 매거진을 만날 수 있습니다.

[정기구독자를 위한 혜택]

 벙커 K 10% 할인

 벙커 박스 No. 1 증정
(벙커 K 굿즈)

3 친환경 리유저블백 증정

[정기구독 신청]

【개인 정보】

- 이름 :
- 생년월일 :
- 전화번호 :
- 이메일 :
- 주소 :
- 구독 여부 : 신규 / 재구독

【신청 방법】

- 블로그 또는 인스타 : 구글폼 제출
  블로그 blog.naver.com/reddot2019
    (빨간콩 블로그)
  인스타 @bunker_station

- 이메일 신청 : 개인 정보와 구독 기간 작성
  이메일 julee001@naver.com

- 전화 신청 : 정기구독 담당자
  이정욱 010-9029-5618

【정기구독료】

- 1년 구독 : ~~70,000원(4권)~~ = 63,000원(4권)
- 2년 구독 : ~~140,000원(8권)~~ = 126,000원(8권)

【구독 기간】

- 1년 구독 / 2년 구독
- 구독 신청일 :   년   월   일

【입금 정보】

- 계좌 정보 : 신한은행 110-559-169574
                이정욱(도서출판 책숲놀이터)
- 신청인과 입금인이 다른 경우에는 정기구독 담
  당자에게 연락 주세요.

정기구독 신청

빨간콩블로그

BUNKER **K**

어린이·청소년 SF 매거진 _ 벙커 K (2호)

copyright © 빨간콩, 2024

기획위원 박상준·정재은
디렉터 이은영
에디터 이지선·이정아·이지수
디자인·일러스트 마타
총괄마케팅 이정욱
발행인 이은영
발행일 2024년 9월 30일
등록번호 노원, 바00015
등록일 2024년 4월 18일
발행처 도서출판 빨간콩
주소 서울시 노원구 동일로242길 87 2층
전화 02-933-8050
팩스 02-933-8052
블로그 blog.naver.com/reddot2019
이메일 reddot2019@naver.com(독자투고)
       julee001@naver.com(정기구독)

ISBN 979-11-91864-51-9 43810
ISSN 3058-2512

벙커 K 2호 표지
우주 벙커 K 연구소를 만들기 위해
우주로 떠날 준비 중인 요원들